光文社文庫

長編時代小説

紅椿

隅田川御用帳(九)

藤原緋沙子

光　文　社

※本書は、二〇〇五年一月に
廣済堂文庫より刊行された
『紅椿　隅田川御用帳〈九〉』を、
文字を大きくしたうえで、
さらに著者が大幅に加筆したものです。

目次

第一話　雪の朝　11
第二話　弦の声　90
第三話　東風《こち》よ吹け　162
第四話　残る雁　239

伝通院
小石川
白山
神明宮
中山道
駒込
小石川御門
水戸徳川家
春日町
水道橋
千駄木
御林
駒込追分
加賀前田家
本郷
道灌山
霊雲寺
湯島聖堂
日暮里
湯島天神
茅町
不忍池
弁天
神田大明神
池之端仲町
妻恋坂
築山藩の上屋敷
根岸
谷中本村
東叡山寛永寺
下谷広小路
外神田
下谷長者町
下谷金杉町
御徒町
下谷の御徒組屋敷
下谷山崎町
向柳原
三味線堀
広徳寺
新寺町
下谷竜泉寺町
幡随院
玉王寺
元鳥越町
阿部川町
千住大橋
新吉原
鳥越橋
御蔵前片町
新堀川
日本堤
新旅籠町
東本願寺
御蔵前通り
御蔵前
浅草寺
御米蔵
小塚原
首尾の松
三間町
田原町
浅草広小路
黒船町
山谷町
諏訪町
新鳥越町
新鳥越橋
御厩河岸之渡し
駒形町
材木町
雷門
花川戸町
浅草駒形堂
竹町之渡し
吾妻橋
聖天町
今戸橋
山谷堀
今戸町
白鬚之渡し
竹屋之渡し
隅田川
源森橋
中之郷瓦町
源森川
三囲稲荷
向島墨堤
木母寺
隅田村
北割下水
小梅村
長命寺
須崎村
寺島村
恩寺橋
業平橋
小梅村
天神橋
押上村
十間川
亀戸天神

『隅田川御用帳』の世界
麹町
番町
千鳥ヶ淵
半蔵御門
田安御門
虎之御門
西之御丸
新シ橋
外桜田御門
雉子橋御門
和田倉御門
江戸城
一橋御門
猿楽町
幸橋
南町奉行所
土橋
北町奉行所
数寄屋橋御門
富士見坂
汐留橋
神田橋御門
呉服橋御門
常盤橋御門
←至品川
西紺屋町
比丘尼橋
三十間堀川
竜閑橋
昌平橋
濱御殿
水谷町
鍛冶町
平永町
伊沢道場
京橋
数寄屋町
築地の浴恩園
西本願寺
木挽町
品川町
今川橋
平松町
日本橋
室町
本町
四丁目
岩本町
内神田
和泉橋
佐久間河岸
神田相生町
本船町
八丁堀
楓川
大伝馬町
神田川
豊島町
海賊橋
江戸橋
小伝馬町
亀井町
柳原土手
神田佐久間町
福井町
弾正橋
水谷町
組屋敷
八丁堀
南茅場町
堀江町
通油町
中之橋
思案橋
小網町
日本橋川
長谷川町
富沢町
千鳥橋
馬喰町
横山町
稲荷橋
一ノ橋
鉄炮洲
汐見橋
通塩町
両国広小路
浅草橋
船松町
高橋
新川
南新堀町
行徳河岸
橋町
栄橋
米沢町
霊岸島
箱崎町
浜町堀
十四郎の住む長屋
佃島
三ノ橋
二ノ橋
行徳川
薬研堀
柳橋
石川島
永代橋
浜町
両国橋
隅田川
熊井町
佐賀町
今川町
上之橋
万年橋
新大橋
一ツ目之橋
尾上町
元町
三ツ屋
万年町
海辺大工町
六間堀町
要津寺
松井町
相生町
松坂町
回向院
横網町
御竹蔵
橘屋
六間堀
亀沢町
越中島
慶光寺
永代寺門前山本町
中ノ橋
北之橋
常盤町
松井橋
海辺橋
高橋
深川元町
弥勒寺橋
二ツ目之橋
深川
北森下町
五間堀
本所
蓬莱橋
富岡八幡宮
仙台堀
浄心寺
東平野町
霊巌寺
小名木川
竪川
南割下水
亀久橋
芝翫河岸
吉岡橋
雲光院
吉永町
三ツ目之橋
洲崎
木場
三笠町
新高橋
入江町
横川
南辻橋
猿江橋
亀戸村
長崎橋
西
北
東
南
猿江町
御材木蔵
清水橋
横十間川
0
1km

慶光寺配置図

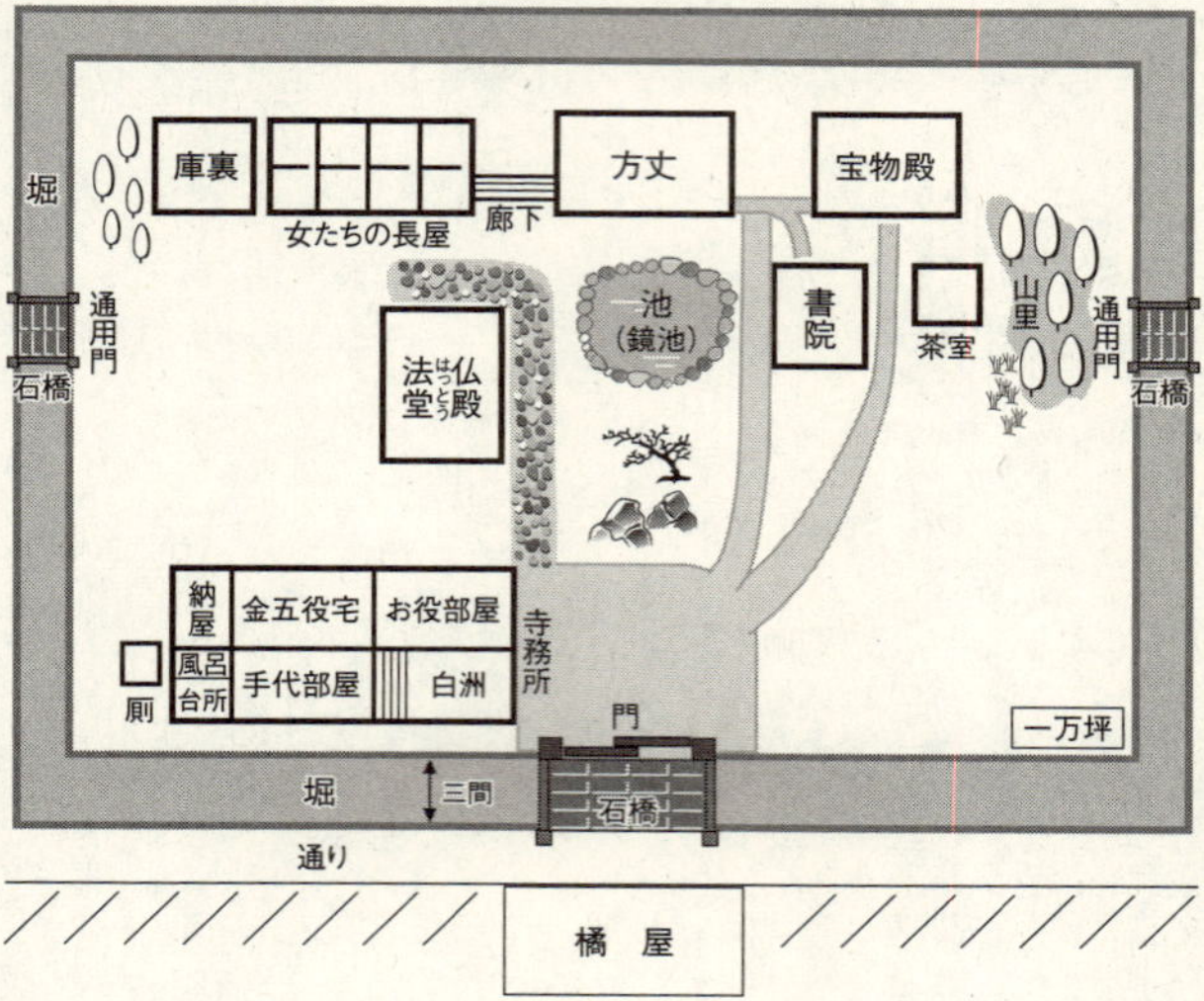

方丈《ほうじょう》　寺院の長者・住持の居所。

法堂《はっとう》　禅寺で法門の教義を講演する堂。他宗の講堂にあたる。

庫裏《くり》　寺の台所。住職や家族の居間。

「隅田川御用帳」シリーズ　主な登場人物

塙十四郎　築山藩定府勤めの勘定組頭の息子だったが、家督を継いだ後、御家断絶で浪人に。武士に襲われていた楽翁（松平定信）を剣で守ったことがきっかけとなり「御用宿　橘屋」で働くことになる。一刀流の剣の遣い手。寺役人の近藤金五とはかつての道場仲間。

お登勢　橘屋の女将。五年前に亭主を亡くし、以降、女手一つで橘屋を切り盛りしている。

近藤金五　慶光寺の寺役人。十四郎とは道場仲間。

秋月千草　諏訪町にある剣術道場の主であり、近藤金五の内儀。

藤七　橘屋の番頭。十四郎とともに調べをするが、捕物にも活躍する。

万吉　橘屋の小僧。孤児だったが、お登勢が面倒を見ている。

お民　橘屋の女中。

おたか　橘屋の仲居頭。

八兵衛
塙十四郎が住んでいる米沢町の長屋の大家。

松波孫一郎
北町奉行所の吟味方与力。十四郎、金五が懇意にしており、橘屋ともいい関係にある。

柳庵
橘屋かかりつけの医者。本道はもとより、外科も極めている医者で、父親は千代田城の奥医師をしている。

万寿院（お万の方）
十代将軍家治の側室お万の方。落飾して万寿院となる。慶光寺の主。

楽翁（松平定信）
かつては権勢を誇った老中首座。隠居して楽翁を号するが、まだ幕閣に影響力を持つ。

紅椿

隅田川御用帳（九）

第一話　雪の朝

一

閑寂《かんじやく》とした境内に、年の暮れを知らせる弱く淡い陽の光が、模糊《もこ》とした木の陰りをつくっていた。

塙十四郎《はなわじゆうしろう》は、懐手《ふところで》で、ゆっくりと鏡池《かがみいけ》に沿う小路の砂を踏み、『慶光寺《けいこうじ》』の正門脇にある寺務所に向かっていた。

御用宿『橘屋《たちばなや》』のお登勢《とせ》に頼まれて、慶光寺の主万寿院《まんじゆいん》に届け物をして辞してきたところであった。

乾いた砂の音を耳朶《じだ》に捉えながら、先ほど目《ま》の当たりにした女たちの様子を思い出していた。女たちは袖をまくって白い腕を見せ、笹竹を持って天井の煤《すす》を払い、布巾で仏具の埃《ほこり》をふき取っていたのである。

寺の中には万寿院を頂点にして、万寿院の身の周りの世話をする尼僧が十名と、縁を切るために寺で修行をしている者が十五名、総勢二十五名ほどの女たちがいる。

その女たちが一様に頭を手ぬぐいで覆い、赤い襷《たすき》を掛けていた。外と隔絶された場所だからこそ、揃いの赤い襷一本でも、ことのほか艶《つや》っぽく華やいで見えた。

年の暮れ行くのは寺の中も外も同じで、女たちは一年の垢《あか》を落とし、新しい年を迎えるための準備におおわらわであった。

しかし、尼僧は別にして、女たちが寺に入った身の上に思いを馳せると、何を考え、どのような思いに浸りながら、年の暮れをその胸に刻もうとしているのかと、十四郎などは考えるのである。

それというのも十四郎は、年の暮れの喧騒《けんそう》の中に身を置くたびに、なぜか侘《わび》しさや切なさに襲われるからである。

そういった思いは、暮れから新年を迎えた数日あたりまで続くのであった。手を伸ばせば、そこには慈しみあい、支えあえる者がいる。そういうことなら、ふっと覚える侘しさや切なさも、しみじみとした幸せのひとときとなるのだが、寺内で修行をしている女たちは、そんな感傷《かんしょう》に浸るより先に、決然として一人で生きていく覚悟をつけながら、日々過ごしているのであった。古い繫《つな》がりに縁を切るということは、よほどの強い決心がいるに違いないのだ。十四郎はそこまで考えて、

——おやっ。

小さな物音に気づいて立ち止まった。

静かな鏡池に、十数羽の渡り鳥が降り立ったところであった。

白いのは小鷺《こさぎ》で、他は鴨《かも》のようだった。

外の世界とこの寺内を自由に行き来できるのは、鳥類などの動物ばかり、しかしその小さな訪問者が、女たちのなによりの慰めや励ましになっているのは間違いなかった。

「ふむ……」

十四郎は、美しくて可愛い訪問者に笑みを送ると、急ぎ正門傍に立つ寺務所に向かった。

「おい、なかなか壮観だったろう、女たちのいでたちは……」

にやにやして寺役人の近藤金五《こんどうきんご》が寺務所から出てきた。

「話とは何だ」

十四郎は、金五と肩を並べて正門から門前通りに架かっている石橋を渡りながら、金五の横顔に聞いた。

「まっ、橘屋で話そう。この話はまだお登勢も知らぬ話だからな」

金五は困った顔で言った。

橘屋は、慶光寺の石橋を渡った真ん前にある。

「お登勢はいるな」

出迎えた女中のお民《たみ》に念を押して玄関に入った。

「藤七《とうしち》、おまえも同席してくれ」

金五は、帳場で泊まり客と話をしていた番頭の藤七も誘うと、足音を鳴らして、お登勢が居間にしている仏間に入った。

「あらまあお揃いで。なんのお話でございましょうか」

お登勢は広げていた帳面を閉じると、十四郎と金五に座を勧め、お民に茶菓子の用意を頼むと、自身も座り直して背筋を伸ばした。そして金五を、十四郎を、きらりと見た。

半色《はしたいろ》に染めた江戸小紋の小袖を着たお登勢には、ひときわ艶然《えんぜん》としたものが窺《うかが》える。

「実は、万寿院様のことだ」

金五は難しい顔で口火を切った。

「万寿院様のこと？」

「そうだ。この暮れの喧騒の中を、寛永寺《かんえいじ》に参りたいとおっしゃるのだ」

「寛永寺に？」

十四郎が聞く。

「十代様が祀《まつ》られているのだが、ご命日は八月だ。なぜこの時期にとお尋ねしたのだが、御墓前にてお話ししたいことがあるのだと申される」

「これまでにもそういうことはあったのか」

十四郎はお登勢と藤七の顔を見た。

「わたくしは覚えがございませんが、藤七、いかがですか。お前がこの中では、慶光寺のお役目に一番長くかかわっていますでしょ」

「はい。でも、私も覚えがございません」

藤七が首を横に振って否定した。

すると金五が大きく頷《うなず》いて、

「そうだろうとも。万寿院様は、十代様のお位牌をお手元におかれて朝晩のご供養もなさっておられる。ご命日に上野《うえの》の寛永寺に参られるのは、俺も知っている。だが、それ以外となると、年に一度か二度、楽翁《らくおう》様のお屋敷に参られるくらいで、年の暮れに墓参などということは知らぬ」

「うむ。第一、外出の御許可が下りぬだろう」

「その通りだ。そんなことをお奉行に話しても許されるわけがない。何か不測の事態でも起これば、皆、これだ」

金五は腹切りの真似をしてみせた。

確かに金五の言う通り、万寿院は十代家治《いえはる》の側室だった人であり、慶光寺の主とはいえ、常人のお方ではない。

通常は寺の外には容易に出られるご身分ではなく、仮に外出となれば、早いうちから警護の手配をし、万端《ばんたん》ぬかりなく準備をした上でのこととなる。

年に一、二度楽翁の隠居屋敷に赴《おもむ》くことはあるけれども、それは楽翁の強い意向があってのこと、楽翁の意向ともなれば、上様も黙認するしかない話であって、形式はまったくのお忍びであった。

「万寿院様ともあろうお方が申されるわがままとも思えぬのだ」

金五は額に皺《しわ》を寄せ、十四郎とお登勢を交互に見ながら、

「そこで俺は、楽翁様にお伺いを立ててみたのだが……」

「なんとおっしゃったのでございますか」

「それがだ。万寿院様もずっと籠《かご》の鳥のご生活だ。人としてそういうお気持ちになられることもあるだろう。わしが責任を持つから、なんとか実現してやってくれと、そうおっしゃるのだ」

「楽翁様は、万寿院様のことを妹君のように思っていらっしゃいますから……でも」

さすがのお登勢も思案に暮れる。

「そうだろう?……お登勢の考えと俺も同じだ。万が一のことを考えるとな」

金五は、お前はどう思うのかというような視線を、十四郎に投げてきた。

「本当に、用向きは墓参だけなのか?」

「そうおっしゃるのだが、真意は分からぬ」

「ふーむ。寺社奉行からの警護がないとなれば、お守りするのは俺たちだけだろう」

「いや、それは……楽翁様の配下の者たち、むろん剣術に長《た》けた者たちが警護の一役を担《にな》ってくれるとは申されたが、何かあったら、俺が困る。いや、俺だけではないぞ、お登勢もだ。そうだろう」

「近藤様。一度その旨、万寿院様にお話しされたら」

「伝えたが、ぜひにとおっしゃる。そのお顔が尋常ではないのだ。何か思い詰めておられる」

金五は大きな溜め息を吐《つ》いた。

しばらく部屋の中には沈黙が続いたが、お登勢がぽつりと言った。

「御用向きは、お墓参りなどではありませんね、きっと……」

「墓参などではない？……では何だ」

「分かりません。わたくしにも漏らされないのですから、誰も知らないことなのかもしれません」

「今でないと駄目なのだと申されるのだ。来年になって、世間の気分も落ち着いてからどうかとお尋ねしたが、それでは間に合わぬと……それで、何か御身《おんみ》にあってはと困ると、それも申し上げたのだが、わたくしの身に何があってもかまわないと申される……俺もほとほと困ってしまった」

「今でないと駄目……」

お登勢が呟《つぶや》く。

「金五」

十四郎が意を決したように顔を上げた。

十四郎は、寺の中で修行をしている女たちを、切ない思いで見てきたところだ。少々感傷的にもなっていた。それが心を動かした。

「俺が思うに、万寿院様がそうまで申されるのには、よほどの訳がおありなのだろう。楽翁様のご助言もあることだから、希望を叶《かな》えてさしあげたらどうだ」

「十四郎、おぬし……」

「他に手はあるまい。俺は、命を懸けてお守りするぞ」

十四郎は覚悟を決めた。

「分かりました。十四郎様がそうおっしゃるのならば、わたくしもこの命、懸けます」

お登勢も言った。

「ああ……相談すれば、こんなことになるのではと思っていたよ」

金五は、苦虫《にがむし》を嚙みつぶしたような顔をして、大きな溜め息を吐いてみせた。

万寿院の寛永寺墓参は、まもなく吉日《きちじつ》を選んで決行された。

無論お忍びだが、駕籠《かご》は楽翁が差し向けてくれたお忍び駕籠、供回《ともまわ》りは楽翁の屋敷から選《よ》りすぐりの剣客十名と、それに十四郎と金五、金五の妻で諏訪町《すわちよう》で剣術の道場を開いている千草《ちぐさ》、付き人としてお登勢と大奥から万寿院に付き従ってきた春月尼《しゆんげつに》などの尼僧三名であった。

慶光寺を出立《しゆったつ》したのは朝の五ツ（午前八時）、しずかに寺の正門を繰り出した。

上野の寛永寺に到着したのは四ツ（午前十時）頃だったろうか、慌ただしく墓参を済ませると、かねてより御休息の宿として予定していた新寺町《しんてらまち》通りにある料理屋『桂木《かつらぎ》』に九ツ（正午）前に入った。

ところが、軽い食事を済ませた直後、予期せぬ訪問者が現れた。

新寺町に店を張る経師《きようじ》屋『山城屋《やましろや》』の主十兵衛《じゆうべえ》と女房のお仲《なか》だった。

お仲は慶光寺で二年の修行を終えて前の亭主と縁を切り、その後、十兵衛と再縁した女で、お登勢と金五とはむろんよく知った仲だった。

ただなぜ、ここに突然現れたのかが不思議といえば不思議だった。

ところがお仲は、

「万寿院様、お久しゅうございます」

懐かしそうに挨拶をし、この人が今度の亭主だと十兵衛を紹介し、しばらく楽しそうに談笑していたが、この料理屋の差し向かいにある寺が有名な『玉王寺《ぎょくおうじ》』だなどという話をしかけ、万寿院が突然、ほんの少しでいい、このお仲の案内で、差し向かいにある玉王寺に参りたいなどと言い出したのであった。

「そなたたちの手間は取らせません。すぐに引き返して参るゆえ」

万寿院はそう告げながら既に立ち上がり、白い小袖の裾を静かに払って踏み出していた。

十四郎たちは、呆気《あっけ》に取られて立ち竦《すく》んだ。

万寿院のすぐ傍で、お仲夫婦とのたわいのないやりとりを聞いていたが、この場に及ぶまで、まさかこのような展開になろうとは、夢にも思っていなかったのだ。

ここにきて初めて、万寿院が強い意志でお忍びの外出を強行された、その理由がようやく分かった。

——目的はこれだったのだ。

十四郎は、困惑しているお登勢と金五をちらりと見遣《みや》った。

お仲夫婦だけがこのことを知っていたのだ。お仲夫婦は突然現れたのではない。

お膳立ては既にできていたのだと思った。

そういえば、この料理屋を指名したのは、万寿院だったと、はたと思い出した。

しかしこうなっては、足掻《あが》いたところでどうにもなるまい。万寿院を守るしかないのである。

「お供仕《つかまつ》ります」

十四郎たちは万寿院を囲むようにして、人の目に付かぬように静かに料理屋を出、路《みち》の差し向かいにある玉王寺に小走りで入った。

玉王寺は檀家《だんか》を持たない小さな寺だが、祈禱《きとう》寺としては有名な寺だと、お登勢は万寿院に従いながら、十四郎と金五に囁《ささや》いた。

はたして、玉王寺の門前に万寿院が立つと、門扉《もんぴ》が静かに開いて、若い僧二人がかしこまって出迎えた。

「ふむ」

――この寺にも、連絡済みだったということか。

若い僧の案内するままに、万寿院はお登勢と十四郎、それにお仲を従えて本殿で参拝した後、方丈《ほうじょう》に向かう廊下に立った。

この廊下にも若い僧が二人、頭を下げて万寿院を出迎えた。

中からお経を読む小さな声が聞こえていた。

「いかがじゃ」

万寿院は出迎えた若い僧に聞いた。

若い僧が悲痛な顔で首を振ると、

「そうか……」

と、万寿院は静かに頷《うなず》いた。

そうして若い僧が座敷への障子を開くと、すいと体を中に入れた。

十四郎もお登勢も、万寿院に従って中に入ったが、入った途端驚愕《きようがく》して立ち尽くした。

そこには、五十過ぎかと思われる僧が、座敷の中央に敷かれた布団の上に臥していた。

既に顔は土気色《つちけいろ》になり、余命いくばくかと思われた。

枕元でずっとお経をあげていた僧が、読経《どきよう》を止めて平伏《へいふく》すると、万寿院は臥している僧の枕元に静かに座って声を掛けた。

「英慧様《えいけいさま》……」

だが僧は、何の反応も示さなかった。

万寿院は、悲しげな顔を読経していた僧に向けた。

「昨日から意識が混濁しております」

僧はそう告げると、英慧の耳元に口を寄せて、

「英慧様、万寿院様がお見舞いに参られました」

声は低いが、英慧の体の中に、分け入るような口調で言った。

すると、英慧の目がかっと開いたではないか。

「英慧様」

万寿院が、もう一度呼ぶと、英慧は見上げていた天井に、万寿院の姿を捜し求めるような目を向けた。

だが、その目が万寿院を捜し出すこともなく、英慧は天井に視線を残したままで、何か、小さく口ごもった。

万寿院様……と言ったのかどうか、その言葉は定かではなかったが、傍に万寿院がいることだけは分かったようで、真っ赤な血の色をした目を、心許《こころもと》なく揺らしていると思ったら、一筋、二筋、赤い涙が沈んだ双眸《そうぼう》から落ちた。

「もっと早くに参るつもりでしたが、許して下され、英慧様……元気をお出し下さいませ」

万寿院も涙を零《こぼ》しながら、自分の声に呼応して天に向かって差し伸べる震える痩せた英慧の手を、両手で包んでやるのだった。

ああ……と言ったのか、うう……と言ったのか、英慧の両目から、新たな涙があふれ出た。

「万寿院様、ずっと、私どもが呼べど応《こた》えのなかった英慧様が目を開けました。声も出されて……よほど嬉しかったのだと存じます。ありがとうございます。さぞや英慧和尚もこれで……」

読経していた僧は涙ながらに礼を述べると、

「英慧様、よろしゅうございましたな。頑張って待っておられた英慧様のお心が、御仏《みほとけ》に届きました。英慧様……」

英慧の耳元に口を寄せて告げた。

すると、窓際に座っていた若い僧たちの忍び泣きが聞こえてきた。

――十四郎様……。

というように、お登勢も十四郎に涙の目を向けた。

万寿院は涙を拭うと、

「御坊、英慧様のこと、よろしゅう頼みます」

読経していた僧に言った。

そうして、もう一度、英慧に言った。

「また、参りましょうほどに、英慧様」

すると英慧は瞬《まばた》きをして見せた。

お仲が声を出して泣いた。

「何か、わたくしでできることがあればと思います。ここにいるお仲に申しつけて下さいませ」

万寿院は、英慧のどす黒くなった痩せた手を、布団の中にしずかに差し入れてやり、立ち上がった。

「万寿院様」

お登勢が、万寿院に声をかけると、

「無理を言いました」

万寿院はそう言って、廊下に出た。

「雪が……」

万寿院は廊下に立ち尽くした。

寂々とした寺の庭に、ちらちらと雪が落ちていた。

「今、傘をお持ちします。しばらくお待ち下さいませ」

庭先で万寿院の出てくるのを待っていた春月尼が跪《ひざまず》く。

「大事ない」

万寿院は庭に降りた。

白い小袖の上に羽織った濃き紫の広袖の被布《ひふ》に、真白い雪が降り注ぐ。

万寿院と英慧という僧の繋がりが、どのようなものであったのか知る由《よし》もない
十四郎とお登勢だが、音もなく散る雪のように、清らかで断ちがたい繋がりを見たと思った。

二

「塙様……塙様、いらっしゃいますか」

大根の味噌汁に冷や飯を入れ、おじやにして朝餉《あさげ》を始めたところに、大家の八《はち》兵衛《べえ》が顔を出した。

十四郎は掻き込んでいた箸を止め、口におじやを含んだままで、

「ん?」

顔を上げると、

「柳庵《りゅうあん》先生が、塙様に会って帰るとおっしゃるので、あたしもちょっと、どうしているのかと思いましてね」

八兵衛は、後ろに柳庵を案内して入ってきた。

いつぞや、便秘を命取りの病と勘違いして大騒ぎした八兵衛に、十四郎が柳庵を紹介してやったのだが、それ以来、八兵衛は腹が痛いの頭が痛いのと、しょっちゅう柳庵に世話になっているらしい。

また何の大騒ぎのつもりかと思ったが、今度は暇を持て余してやってきたらしく、上がり框《かまち》に腰を据えると、じろりと十四郎の膳を覗《のぞ》いた。

十四郎はごくりとおじやを飲み込んで、

「八兵衛、何が言いたいのだ」

「いえいえ、結構な朝餉だと、まあ、感心しているのでございますよ。早くご新《しん》造《ぞう》さんをおもらいなさいませ。おっと、また、余計なことを言いました。それじゃあ、あたしはこれで退散致します」

八兵衛は、おじやを掻き込む十四郎の手元を見て、なんとも貧しい食事をしているものだと哀れんだ顔をしていたが、すぐに表情を元に戻して、

「あっ、そうそう、塙様にお願いしていました野良犬退治ですが、あれは解決できましたので、お知らせしておきます、はい」

それだけ言うと、柳庵に、

「先生、お薬は後で頂きに参りますから、よろしく」

と言い、そそくさと帰っていった。

野良犬退治というのは、近頃近所に涎《よだれ》を垂らした野良犬が徘徊していて、十四郎の斜め向かいに住まいするおとくの亭主が犬を追っ払おうとして足を嚙まれた事件があり、今度長屋に野良犬が入ってきたら、十四郎に追っ払ってほしいなどと言っていた話である。

どう解決したかは知らないが、もう十四郎の手助けはいらぬと言われ、正直ほっとした。

十四郎は、急いで膳を板間の隅に片付けると、柳庵を招き入れた。

「万寿院様のことかな」

「いえ。新寺町の玉王寺の和尚のことです」

「柳庵は和尚を知っていたのか」

「いえいえ、万寿院様に先日往診するように頼まれまして参りましたが、あの御坊、もって後一日か二日ですね」

柳庵は暗い視線を投げてきた。

父親を奥医師に持つ柳庵だが、自分は父親の元を離れて診療所を開き、独自の医療活動をしている医者である。

本道《ほんどう》(内科)も外科《げか》も腕は極めて優秀だが、もともと医者になるより歌舞伎の女形をやりたかったという変わり者で、しかもその思いが叶わぬものだから、万事日常の物腰は女のような男なのだが、もうずっと、万寿院の医師として、慶光寺や橘屋とは懇意であった。

定期的に万寿院の脈を診《み》ているから、それで、英慧和尚の診察を頼まれたものらしい。

「病はなんだ。まだ、老衰という年じゃない。俺が見たところでは、万寿院様とは五つ六つ程の年の違いかと見受けたのだが」

「病は……腹に固い腫瘍《しゅよう》ができています。十四郎様はお布団の中の体までご覧にならなかったでしょうが、腹は水が溜まってぱんぱんでした。もう手の施《ほどこ》しようがありません」

「そうか……いったい、万寿院様とはどのような関係なのだ」

「義理の兄上様だと申されましたが、詳しくは……」

「義理の兄？」

「私も初耳でしたが、それ以上のことは申されませんでした。ただ」

「ただ……」

「いや、止《よ》しましょう。余計な詮索《せんさく》は……あの和尚は、万寿院様にとっては特別なお方であることは間違いありませんね」

「ふむ……」

確かに、これ以上詮索する必要はないのかもしれぬ。ともかく、あのお忍びの外出が、無事滞りなく終わって良かったと、今は思うばかりの十四郎であった。

その時だった。突然、犬の声が聞こえてきた。

——やっ、野良犬か。しかし八兵衛は解決したと言ったはず……。

気が進まないながらも、十四郎が腰を上げた時、

「十四郎様」

乱暴に戸が開いて、ごん太《た》を連れた万吉《まんきち》が飛び込んできた。

「あっ、柳庵先生、こんにちは」

万吉は、ぺこりと柳庵に頭を下げた。

橋屋からの急使は万吉の役目である。

「何だ、万吉」

十四郎が上がり框まで出て、万吉に尋ねると、

「お登勢様がすぐにおでかけ下さいと言っております」

と言う。

「分かった、すぐ行く」

十四郎は奥に引き返して、両刀を束ねると土間に下りた。

「万吉、その木刀は何だ。剣術の稽古でもなかろう」

十四郎は、ふと、万吉が握り締めている木刀に目を遣《や》った。

「このごん太に、石を投げた奴がいるんだ。だから、おいら、そいつを見つけたら、ぶん殴ってやろうと思って」

「ふむ。しかし、あんまり感心しないぞ。そんな物を振り回さない方がいい。ごん太に石を投げた奴が見つかったら、俺に言うのだ。おまえに代わって意見をしてやる。だからおまえは、そんな物を振り回しては駄目だ。相手が怪我をしても、おまえが怪我をしてもつまらぬぞ、ん？」

十四郎は、万吉の頭を撫《な》でてやった。

万吉は口を膨《ふく》らませて不服の顔をしてみせたが、ふと見下ろしたごん太が、嬉しそうに見上げているのを見て、

「分かったよ」

頷いて、手にある木刀を十四郎に手渡した。

「よし、いい子だな。行こうか」

二人と一匹は、急ぎ足で橋屋に向かった。


「これは、栗田徳之進《くりたとくのしん》殿ではないか、いかがいたしたのだ」

十四郎が橋屋の座敷に入ると、お登勢や金五と一緒に、寺社奉行松平周防守《まつだいらすおうのかみ》の家臣、徒目付《かちめつけ》の徳之進が振り返った。

「お久しぶりでござる」

徳之進は、巨体を動かして、十四郎に挨拶をした。

相変わらず人の好い顔をしているが、今日はいささか緊張した面持ちだと、十四郎は思った。

寺社奉行配下の徒目付という役職は、町奉行所でいえば与力《よりき》と同心を兼ねたような役目で、寺内での犯罪を扱う者である。

以前に金五が、慶光寺に侵入した賊に斬られたことがあったが、それ以後、慶光寺に何か起きた時には、まずこの男が出張《でば》ってきていた。

――いったい、何が起こったのだ。

嫌な予感がした。

はたして、十四郎が着座すると、金五が油紙に包んだものを、十四郎の前に置いた。

「これは……」

「まあ、見てくれ」

金五が油紙を広げた。

十四郎は驚いて顔を上げた。

鴨の死骸が一羽、横たわっていた。

「慶光寺の鏡池に誰かが侵入したらしい。そして、この鴨を射た」

金五は説明しながら、鴨の頭を動かした。

首の付け根には突き刺したような傷があり、血で鳥の毛が固まっていた。

油紙を引き寄せて、十四郎は傷口を見た。

「矢で射られたのか」

「そうだ。これがその矢だ」

金五は今度は、二尺ほどの矢を出した。

「半弓《はんきゅう》だな……」

驚いて、その矢を取り上げる。

矢羽《やばね》は四立羽《よつだては》で、鏃《やじり》は「くるり」と呼ばれている半月形をした雁股《かりまた》であった。

矢羽一つをとってみても、随分丁寧に作られたものだということはよく分かった。

「十四郎、狙われたのは鴨だけではない。干していた万寿院様の浴衣《ゆかた》も射ぬかれておった」

「何……」

驚愕して顔を上げた十四郎に、お登勢が頷いた。

「ご存じのように、浴衣は万寿院様がお風呂上がりにご使用になられるものです。それも直接お肌の濡れたのを拭き取るためのもの、それを狙ったのですから」

「狙いは万寿院様のお命だということか」

「おそらく」

「ふーむ」

「十四郎様、先日、万寿院様がお忍びでお出かけになられました折、玉王寺の門前で妙な浪人が中を覗いていたのをご存じでしたか」

「浪人者?……そういえば」

十四郎もふと一人の浪人に目を留めた覚えがある。

浪人の左袖が肩からすとんと落ちて風に靡《なび》いていた。腕がなかったのである。総髪《そうはつ》で鋭い目をした男だった。

十四郎が気になったのは、その男の視線が万寿院に注がれていたからだった。十四郎が睨《にら》み返すと、左の腕のないその男は口元に冷ややかな笑みを漏らして立ち去った。

「しかしあの男は、矢を射ることはできぬ」

「それはそうですが、あの時から妙なことが起こっています。万寿院様が狙われていたのだと思いますと、ぞっとします」

お登勢は、緊張した顔で告げた。

「そこでだ、十四郎」

険しい顔を金五が向けた。

「早急に手分けして犯人をつきとめねばならぬ。栗田殿も寺務所に寝泊まりして探索することになった。おぬしもこの橘屋に泊まって協力してくれ。いや、正直、おぬしが頼り。長屋だと互いの連絡が遅くなる」

「うむ」

「必要となれば松波《まつなみ》さんにも手伝ってもらおうかと考えている。今しばらくはおぬしと俺が探索する」

「寺内の警護は」

「それは、私と私の配下の者たちが受け持ちます」

徳之進が傍から緊張した声で言った。

「よし、分かった。承知した」

十四郎は、膝前にある二尺矢を摑んで立った。


「なるほど、これは精巧にできていますな」

馬喰町《ばくろちょう》の武具屋『武蔵屋《むさしや》』の主金次郎《きんじろう》は、十四郎が持ち込んだ二尺の矢を手に取ると、感心しきった声を上げた。

「誰が作ったものか、見当はつかぬか」

「はて、これだけ見事な作りですから、この府内でも限られてくるでしょう。お急ぎですか」

「急ぐ。今すぐにでも知りたいのだ」

「分かりました。懇意にしている矢師を当たってみましょう」

「造作《ぞうさ》をかけるが頼む」

金次郎から矢師探しの承諾を得たところで、十四郎は北森下町《きたもりしたちょう》の弥勒寺《みろくじ》橋の袂《たもと》にある柳庵の診療所に向かった。

待ち合わせをしていた金五は、十四郎より一足先に診療所に入り、柳庵の居間になっている座敷で、茶を喫しながら待っていた。

「あら、十四郎様、おひさしぶりでございます」

柳庵の弟子福助《ふくすけ》が裏声で出迎えた。

福助は医者になりたいと言い、柳庵の診療所に押しかけてきた町屋《まちや》の者だが、最初は普通の男子《おのこ》だったはずなのに、柳庵の診療所に出入りしているうちに、今では柳庵と同じように女のような裏声を出す。

それだけ柳庵の医術に心酔しているというのは分かる。しかし、それでは患者が居心地悪いのではないかとも思うのだが、かえってそれが名物となり、柳庵の診療所はいつ覗いても、患者の途絶えることはない。

今も待ち合いに四、五人はいて、順番を待っていたから、

「先生も忙しそうで結構なことだ」

十四郎がお愛想を言うと、

「お陰様で……」

福助はしなりと小首を折って笑みを返し、茶を淹《い》れると、しずかに下がっていった。

「まったく」

金五は苦笑して見送ったが、すぐに真面目な顔で、

「十四郎、あの浪人のことだが、ばったり松波殿に会ってな、協力を頼んでみたのだ。松波殿は、浪人ならば口入《くちいれ》屋を当たってみた方が早いかもしれぬと申されてな、引き受けてくれたぞ」

「それはよかった」

「それと、千草にも頼んできた。どこから狙ったか知れぬが、あの矢の腕は相当なものだ。千草は剣術だけでなく、馬も槍も、むろん弓道においても免許をもらっている」

「ふむ、それはいい。実はな金五、俺も千草殿に頼もうかと考えていたところだ。

おぬしは知っているかどうか、以前、黄表紙《きびようし》で少し形を変えて話が載ったが、昔名判官《めいはんがん》といわれた板倉勝重《いたくらかつしげ》様が京都所司代《きようとしよしだい》だった頃、これによく似た事件があったらしい」

「そういえば、聞いたような」

「殺しだったのだが、その折の下手人は弓の稽古に励んでいた普通の町人だった」

「……」

「人は武器を持ち、腕に自信ができると試してみたくなる。その町人も、最初は野に出て、狐や野良猫などを獲物にして射ていたのだが、それでは物足りなくなって人間を的《まと》にしたのだという。黄表紙では鶴を射てその血を、愛しい余命いくばくもない遊び女に捧げるという筋立てになっているが、元の話は、そういうものだった」

「十四郎、しかしその京の話は、的は誰でもいいということだろう。こたびの場合は、鴨は別にして、万寿院様の湯上がりの浴衣を狙っている。話はそう単純なものではない。俺は、矢を射た者は、万寿院様に恨みを持つ者だと考えている」

金五は、手にあった茶碗を下に置いて、十四郎を見た。

「つまりこうだ。万寿院様の元で修行をし、二年が経過すれば、亭主がどう言おうと離縁させられる。逆らえばお上《かみ》に楯突いたことになり罪人扱いになるのだから、しぶしぶ承知する者も実際多い。そういった者の中には、慶光寺の万寿院様のために、自分は離縁させられたと恨んでいる者もいるはずだ。だから俺は、この事件は、これまでに離縁させられた亭主か、あるいはそれに繋がる者の仕業《しわざ》だと考えている」

「うむ、一理ある。しかし金五、それならばお登勢殿も狙われてもいいのではないのか。恨まれるのなら、むしろお登勢殿の方だろう。なにしろ、橘屋の判断が、女を寺にいれるかどうかを決定している」

「お登勢と同じことを言うんだな、おぬし」

「お登勢殿が……」

「そうだ。お登勢はこうも言っていたな。自分は命を狙われても仕方がないが、万寿院様に矛先を向けるとは許せない。とにかく、こうなったら徹底的に調べて成敗《せいばい》してやらねばとな」

「ふむ。いずれにしても万寿院様が狙われていることだけは間違いあるまい。そうでなかったら、寺には他にも尼僧もいれば、修行している女たちもいる。その者たちは始終庭に姿を見せているのだから、誰でもよいのだというのなら、その女たちを狙うだろう」

「十四郎」

金五は思案の顔を十四郎に向けた。

「それと、慶光寺に矢が飛んでくるようになったのは、万寿院様がお忍びでお出かけになられてからのことだ。先日のお忍びは、玉王寺の住職の見舞いが目的だったのは明々白々、何も知らなかった俺たちはあっと驚いたものだが、あの一件が何らかの形で、この事件に絡んでいるとは思いたくないが、少なくとも事件の発端《ほったん》になったのではないかと心配している」

「ふむ……」

十四郎は、ふたたびあの寺の門前で見た、不気味な男の姿を思い出していた。

「近藤様、そのご住職ですが、昨日亡くなりまして、明日か明後日のうちに、葬儀がとりおこなわれるはずです」

診察を終えた柳庵が、静かに部屋に入ってきた。

「そのこと、万寿院様のお耳には?」

「昨日のうちにお知らせしました。万寿院様は、静かに頷かれて、手を合わせておられましたが、覚悟はできていらっしゃったようにお見受けしました。英慧和尚については、万寿院様は格別の話はされませんでした。ですが、和尚が亡くなったと知って集まった町の人たちの話では、英慧和尚という方は困った人たちに心底から手を差し伸べられたお坊様だったと言ってましたね」

――英慧和尚か……今度の事件の要因を、ひとつひとつ潰していくためにも念のためだ、一度万寿院様にも和尚との関係をはっきりと尋ねてみなければならぬな。

十四郎が、泳がしていた目を柳庵に向けた時、

「柳庵、和尚について他に何か聞いてはおらぬか」

金五が柳庵に聞いた。

「そのことですが、近藤様。わたくしが二度の診察で、周りの方たちから聞き出した話によれば、英慧という人は、今や二千五百石《こく》を賜《たまわ》るお旗本《はたもと》坂巻《さかまき》武太夫《ぶだゆう》様の次男だったというのです」

「坂巻武太夫」

「はい」

「旗本の坂巻……」

金五はもう一度呟くと、はっとした顔で柳庵を見た。

柳庵は頷いて、

「万寿院様が白河《しらかわ》藩邸にご奉公に上がるために養女となった先のお旗本の名のようです」

意外な名が出てきたと十四郎は思った。

白河藩邸とは、楽翁がまだ松平定信《まつだいらさだのぶ》と呼ばれていた頃に住んでいた上屋敷《かみやしき》のことである。

将軍家治は、もともと後継者として定信を養子に迎えて次期将軍にと考えていた。

ところが田沼意次《たぬまおきつぐ》の陰謀により、定信は白河藩の養子に出され、家治の後継者には家斉《いえなり》がなったわけだが、その定信の養子先だった屋敷に万寿院は奉公に上がっており、大奥に上がることになったのも、そもそもこの白河藩上屋敷で十代様にお目見《めみえ》得したのが始まりだったと、これは万寿院から以前に直接聞いていた。

「では、亡くなられた英慧和尚は、万寿院様の義兄弟ということか」

金五も驚いた顔をして、

「俺は、英慧などというお名は初めて聞いたが、そうか、そういうことだったのか」

呟くように言い、十四郎を見た。

三

「十四郎様、新しい肌着をお持ちしました」

十四郎が夜具を離れて衣服を整えていると、廊下から女中のお民の声がした。

「失礼致します」

お民は、にこにこして入ってくると、

「今朝はとくに冷えるようです。綿入れの肌着をもう一枚重ねられた方がよいのではとお登勢様がおっしゃって」

お民は、手にある真新しい肌着を、十四郎の前に置いた。

「これは？」

「お登勢様が縫われました。風邪を引くといけませんから、必ずお着けになるようにとおっしゃっています……朝餉はできておりますから、どうぞ」

お民はそう言うと、また、にこにこして退出していった。

十四郎は肌着を手に取った。

やわらかくて暖かい感触が、掌《てのひら》を通って伝わってきた。

――お登勢……。

つい、人知れず肌着を口元に押し当ててみる。

真新しい布の清潔な匂いに混じって、お登勢の持つ梅花の香りが、微かに布の奥に含まれているような感じがした。

橘屋に逗留《とうりゆう》を始めて五日、十四郎は宿の一部屋を与えられて、上げ膳据え膳の生活を送っている。

さすがに下帯の洗濯だけは自分でやるが、風呂は毎日入っているし、肌着も二日に一度は、もぎ取るように持っていかれて綺麗に洗ってもらっている。

まるで母か、あるいは妻がそこにいるような按配《あんばい》で、すこぶる居心地がいい。

所帯を持つということはこういうことか……そんな感慨が湧いてくる。

ただ、いつも目の前にお登勢の姿があるというのは、少し戸惑いがあるのも事実であった。

お登勢は十四郎にとって、もはやただの雇い主ではない。その思いが、こうして短い間とはいえ、同じ屋根の下で暮らしてみると実感できる。

だが、橘屋には連日泊まり客が出入りしているし、働いている女も男衆も多い。そんな多くの人の目の手前、お登勢はさりげなく振る舞って、けっして互いに寄せる思いなど露《あらわ》にすることはない。

むしろ、十四郎と二人だけになることを避けているようでもあり、十四郎も当然それを受け入れている。

だが一方で、二人の分別が、二人をそんな風に振る舞わせれば振る舞わせるほど、通じ合う心の奔流は確かなものに思えてくる。

しかし、そんな十四郎の確信も揺らぐ時がある。

お登勢が、仏壇に静かに手を合わせているのを目にする時だ。

――所詮、お登勢は最愛の情を捧げた夫の死に痛手《いたで》を受け、その痛手を忘れるために、ひたすら橘屋に専心《せんしん》している女ではないか。

そしてこの俺も、心を通わせた許嫁《いいなずけ》を失った痛手から、解き放たれぬ男ではないのか。そう考えた時、二人の間にはすきま風が吹いていて、途方もなく遠い関係に思えてくる。

――お登勢は俺の雇い主……それだけでいいではないか。

二人の間にはけっして越えてはならない一線がある。それが現実というものだ。

とはいえ、お登勢が縫ってくれた綿入れの肌着を手にしてみると、そんな一線はふとした弾みで越えてしまいそうな恍惚《こうこつ》としたものが十四郎を包んでいる。

――迷いとはこういうことか。

十四郎は、武士としての面目もないような気の迷いに苦笑しながら、綿入れの肌着を着けた。

何事もないような顔をして、台所の傍の座敷に入ると、お登勢が膳の前で待っていた。

「いかがでしたか。急いで仕立てましたから」

お登勢は眩《まぶ》しい顔をして聞いた。

「ぴったりだった。あたたかい、ありがとう」

十四郎は、目を合わせるのも気恥ずかしい思いで答えた。

給仕していたお民がくすくす笑った。

「いやな子、お民ちゃん」

「だって……」

お民は微笑んで、かいがいしく二人の朝食を並べると、台所に引き揚げていった。

十四郎は胸の内に湧き上がってくる熱いものを押し殺して、黙って箸を取った。

お登勢も、平静を装うように箸を使った。

「お民ちゃん、お茶を下さい」

お登勢が、台所で客が使った食器を片付けているお民に言った。

その時である。

「お登勢様、近藤様と千草様がお見えです。仏間にご案内しておきました」

と藤七が顔を出した。

二人で顔を見合わせて、急いで仏間に入ると、

「十四郎、千草の話では、一人、あやしげな奴が見つかったらしいぞ」

金五は、おいっと傍に座す千草に亭主面で促した。

十四郎はお登勢と見合わせて苦笑した。

ちょっと前には、千草を妻にできなければ今にも死にそうなことを言い、十四郎やお登勢に泣きついていた金五が、亭主然としているのがおかしかった。

笑いを嚙み殺して千草に目を向けると、

「私の門弟には町人も何人かいるのですが、その一人の話によりますと、増之助《ますのすけ》という友人が、弓道の道場につい最近まで通っていたというのです」

「増之助……」

「しかもその増之助という人は、これまでにも野良犬を狙ったり、猫を狙ったりという自慢話をたびたびしていたというのです。それで私がこの手で増之助の白黒を調べ上げてからご報告をと思ったのですが、夫が一刻も早く塙様にお知らせした方がいいと申すものですから」

「金五の言う通りだ。その方がありがたい。して、弓矢のこともお聞きか」

「それだ、十四郎。その増之助という男は、名人と呼ばれる矢師に半弓を作らせたと自慢していたようだぞ」

「何……ではその矢師の名は」

「それは、聞いていないと言っていました」

千草が返事をした。


「十四郎様、あの男が増之助です」

藤七は体を起こすと、鋭い目を蠟燭《ろうそく》問屋『大江屋《おおえ》』の店先に向けた。

大江屋は比丘尼《びくに》橋の南側にある西紺屋町《にしこんやちょう》の大通りに暖簾《のれん》を張る、蠟燭問屋では名の知れた店だった。

増之助が蠟燭問屋の長男だと分かったのは今朝のことである。

ちょうど昨夜、武具屋武蔵屋の金次郎からも、鴨を射た半弓の矢は鑓屋町《やりやちょう》の矢師で勘蔵《かんぞう》という者が作ったことが、矢羽の仕立てや矢竹の『あら矯《た》め』から判明したという知らせがあったばかりである。つまり、勘蔵の筋からも、増之助の名は上がってきていた。

あら矯めとは、山から切ってきた竹を二年間乾燥させたものをあく抜きし、その中から良質な物のみを選び、炭火の中をくぐらせて、タメ台という台にかませて曲《まが》りを直すことをいうのだが、この出来不出来で、矢が狙ったところに飛んでくれるかどうかを決するようで、その製法は一子相伝《いっしそうでん》と言われているらしい。

武具屋の金次郎は、十四郎から預かった問題の矢羽が特殊な薬で染色した染め羽だったことから、最初は店と取引がある矢師にその矢羽を見せたようだが、その矢師が注目したのは、矢柄《やがら》だったようだ。

「矢柄、矢羽ばかりではございません。この鏃は狩用に使う雁股といいますが、こちらは『根鍛冶師《ねかじし》』の又兵衛《またべえ》の作でございました。恐らく弓師も一流の人間に頼んでいるに違いありません。これだけの物を注文できるのは、お金を持っている人です。ともかく矢師の勘蔵さんには話はつけておきましたから、会ってみて下さい」

金次郎のその言葉で、藤七には早くから蠟燭問屋の大江屋に張り込ませ、十四郎は矢師の勘蔵に会いに行ってきた。

そこで勘蔵から、納めた先は、増之助だと知らされた。

千草の話に出た増之助という男と、十四郎が調べていた矢師の方から浮上した男とが一致したことになる。

あとは増之助を捕まえて吐かせればいいことだが、ただ増之助はこれまで橘屋とも慶光寺とも無縁の者だった。増之助個人が思いつきで、わざわざ深川《ふかがわ》の慶光寺までやってきたとも思えず、背後に誰かがいるのではないかと考え、増之助を泳がせることにしたのであった。

増之助が、そこらへんの野良犬野良猫を標的にするのなら、深川くんだりまで出張ってくる必要は全くない。

また、冬鳥を狙うのならば、もっと他にいい場所がある。

いろいろと総合すると、やはり、増之助が狙ったのは慶光寺の鳥でなければならなかったし、万寿院の何かでなければならなかったのだと、十四郎は考えたのだ。

藤七も、十四郎が大江屋の差し向かいの張り込み場所に到着する前に、増之助の人となりを素早く調べ上げていた。

「増之助は総領《そうりよう》息子ですが、親も手を焼く人間のようです。大江屋と取引のある小間物《こまもの》屋から聞きましたが、なにかと問題を起こしては、それをいちいち親が金で解決してきたらしく、家に金がなかったら、とっくに牢屋に送られていると言ってましたね。その小間物屋も、親父さんには義理があるから仕入れているが、あの馬鹿息子の代になったら取引はやめると言ってました」

藤七は、そう言ったのである。

はたして、藤七があの男だと指し示す増之助という男は、確かに上物の着物は着ているが、遊び人特有の、怠惰な雰囲気に包まれていた。

背の高い青白い顔の男だが、目の配り、足の運びにも、堅苦しい蠟燭問屋の跡取りとも思えぬ崩れた風情《ふぜい》があった。

「持ってませんね」

藤七は店から出てきた増之助が弓矢を持たず、手ぶらだったことを言ったのだった。

増之助は、暖かそうな綿入れの上着の袖に両腕をつっこんで、ちゃりちゃりちゃりと雪駄《せった》の音を立てながら、南に向かった。

十四郎と藤七も、そっと跡を尾《つ》けていく。

増之助は、三十間堀川《さんじっけんほりかわ》に架けられた新《あたら》シ橋《ばし》を渡り、采女《うねめ》ヶ原《はら》の馬場を通り抜け、築地川《つきじがわ》に架かる万年橋《まんねん》を渡り、三ノ橋《さんはし》を渡って、なんと、楽翁の屋敷がある『浴恩園《よくおんえん》』の西方にある旗本の屋敷と思われる門戸を叩いたのであった。

激しく鳴く犬の声がして、戸が開いたが、出迎えた男を見て十四郎はびっくりした。

男は、万寿院がお忍びで立ち寄った寺を覗いていた、あの片腕の浪人だったからである。

四

「万寿院様、その屋敷ですが、永井主水《ながいもんど》様という方の屋敷だということが分かりましたが、何か心当たりはございませんか」

方丈の座敷に畏《かしこ》まって万寿院の前に座した十四郎は、写経の手を止めて顔を上げた万寿院に聞いた。

十四郎の傍には、お登勢も同席して見守っていた。

部屋には、仄《ほの》かに線香の香りが立ち込めている。

万寿院は筆を置くと、膝を十四郎たちの方に向けて、

「永井様……」

遠くの記憶を辿るような顔をして、聞いてきた。

「はい。楽翁様のお屋敷の、すぐ近くです。目と鼻の先にある……」

「いえ、知りませぬな」

「英慧和尚様の筋からも思い出せませんか」

お登勢が、膝を乗り出すようにして聞き返す。

「そのような名は聞いたこともない。それが何か……」

「万寿院様。立ち入ったことをお聞きしますが、英慧和尚とはどのような繋がりがござったのか、この十四郎とお登勢殿にお聞かせ下さい。さすれば、このたびの騒動に決着がつけられるやもしれません」

「わたくしからもお願いします。ぜひにも」

お登勢も手をついた。

万寿院は大きく溜め息を吐き、背筋を伸ばしてしばらく思案していたようだっ

たが、

「今度の騒動が、わたくしのお忍びに端《たん》を発しているかもしれぬと申すのですね」

「念のためでございます」

「分かりました。そなたたちには苦労をかけています。また、楽翁様にもご心配をかけていることでございましょう。昔のことですから、人様にお話しするのも恥ずかしいと考えていたのですが……」

万寿院は、そう前置きし、

「そなたたちは、英慧様がもと坂巻家の人だったということは存じておりますね。その坂巻家は、わたくしが白河藩邸にご奉公するために、養女となった先だということも……」

念を押すと、遠くを見るような目をして顔を上げた。

坂巻武太夫の養女となった時、万寿院は松代《まつよ》と名乗っていた。

坂巻家は一千石、嫡男は武一郎《たけいちろう》といい、次男は勇之進《ゆうのしん》といった。

武太夫は武術を重んじる人間だったようで、息子二人にも、それらしい名を付けたのだと、その時松代は聞いた。

ところが、親の思いはどこへやら、長男の武一郎は剣術がからっきし駄目で、弟の勇之進は武術が高《こう》じてあばれ者といわれていて、これまた屋敷内では顰蹙《ひんしゅく》を買っていた。

松代が養女となったのは、白河藩の屋敷に上がるまでの数か月だったが、その時武一郎は二十二歳、勇之進は二十歳だった。

坂巻家には女の子がおらず、松代は武太夫はじめ、二人の義兄にも大切に扱われた。

ただ、兄の武一郎は学問ばかりに没頭する質《たち》で、口数も少なく、それほど親しく話したことはなかったが、弟の勇之進は気さくな人間で、どこにでも松代を連れていこうとしてくれていたようだった。

それは松代が、まもなく外とは隔絶されたような大名の屋敷に入るということから、勇之進の心には哀れに思う気持ちがあったようだ。

しかし父親の武太夫は、厳しく、軽々しい行動を戒める注意を毎度のごとく言い募っていたが、次男という身の軽さからか、勇之進が聞き分けるはずもなかった。

ある日のことである。

勇之進は、品川《しながわ》の海晏寺《かいあんじ》に紅葉《もみじ》狩りに行こうと、松代を誘った。

いや、誘うというより、強引に迫ったといっていい。

松代は迷った。

養父に黙って出かけたとなると、後でどんなお叱りを受けるかもしれぬ。そのお叱りが松代自身に向けられるのならばまだ良いとして、そういう時には、きまって勇之進に向けられることが分かっていたからである。

ただ、松代は、有名な海晏寺の紅葉を見てみたかった。

いや、正直、強引に誘われたと思い込もうとしていたが、本当は勇之進と出かけてみたいという気持ちがあった。

屋敷の中では乱暴者といわれていたが、いたずらっぽい目で話しかけてくる勇之進に、松代は屋敷の人たちが持つような違和感も嫌悪感も持ってはいなかった。

むしろ、頼もしくさえ思っていた。

「何をためらう。兄と妹ではないか。それに、そなたが白河藩のお屋敷に上がれば、もう、そうそう会うことはない」

勇之進のその一言が、松代の背中を押した。

分別があるといっても、そこは十七歳の娘である。

二人は別々の用事を作って外に出た。

勇之進は常から、格別断りを入れて外出する人ではなかったから問題はなかったが、松代は叔母をだしにして外に出た。

道中人目に付かないように、勇之進は松代を町駕籠に乗せた。そうして自分は傍に付き添って、海晏寺まで走ったのである。

駕籠を下りたのは、海晏寺の総門前だった。

外に出て、寺の丘を見上げた松代は、思わず感嘆の声を上げた。

人の噂や歌にもある通り、松代がそれまで見た紅葉山のどれよりも美しいと思った。寺の丘中が錦《にしき》の刺繍《ししゅう》を施したように色付いていた。

二人は、駕籠を総門前の水茶屋に待たせておいて、中に入った。

寺内を横切る小川に架かる橋を渡ると、奥山への道を上った。

見晴らしのよい奥山の平地には、畳敷きの縁台が設けてある茶屋まであって、家族連れや友連れは弁当を広げていたが、松代たちのように、弁当を持たずに寺の丘を訪れる者のために、団子や餅を売っており、勇之進は松代に餅を買ってくれた。

松代は、軽い食事の後は、かねてより用意していった紙袋に、浅黄《あさぎ》や猩々《しょうじょう》の紅葉、蛇腹《じゃばら》になった紅葉など、あっちに走り、こっちに走りなどして取り集め、勇之進を呆れさせた。

ところが、突然空がかき曇り、雨が落ちてきたのである。

何の用意もしてこなかった二人は、丘を駆け下りたが、松代が木の根に蹴躓《けつまず》いて転んでしまった。

すぐに逞《たくま》しい腕で勇之進が抱き起こしてくれたが、松代は足を挫《くじ》いたのか、歩けない。

泣きべそをかく松代を、勇之進は背中におんぶして丘を下りたのである。

その時、勇之進の逞しい背中で、

「ごめんなさい、ごめんなさい」

泣く松代に、勇之進は苦笑して言った。

「俺が誘った。悪いのは俺だ。だがそうまで謝ってくれるのなら、ひとつ俺の願いを言ってもいいか」

「うん」

松代は子供のように甘えて頷いていた。

すると勇之進は、

「お前とは、もういつ会えるかしれぬ。だが、いつか、俺が死ぬ時には、その時には、俺に別れを言いに来てくれ。約束だぞ、必ずだ、どこにいてもだ」

松代はその時、そんなことかと、泣きながらも苦笑して頷いていた。

すると勇之進が、また言った。

「間に合わなかったなどという言い訳は駄目だ。俺は、誰でもない、お前に最期の別れを言いたい」

「嫌です、今からそんな先のお話は。わたくしも兄様も長生きをします」

松代は、また、甘えるように言った。

「いいではないか。俺はそれが言いたくて、お前を誘ったのだ」

さすがの松代も、勇之進が本気で言っていると分かって、戸惑った。どう返事をしていいのか困っていると、勇之進は照れくささを隠すように、

「俺は、誰よりもお前が好きだ！……悪いか！」

自棄《やけ》っぱちのように叫ぶと、松代を背負ったままで、一気に丘を駆け下りたのだった。

「あれから三十年余、坂巻家を出てから一度も会ったことはありませんでした。

ただ、私が十代様の側室になってまもなく、坂巻家が一千石から二千五百石を賜

るようになった頃、勇之進様は坂巻家から勘当《かんどう》されて、さるお寺で修行をしていると聞きました。次に噂を聞いた時には、先の寺の住職となって、祈禱で集めたお金は、困った人たちのためにすべて施しているとのことでした。いつぞやあの辺りで大火事があった時も、大釜に粥《かゆ》を炊いて町の皆さんに施していると聞きまして、私はもうその時には慶光寺に参っておりましたが、なにがしかのお金を、町の皆さんに使っていただくように春月尼に持たせました。そういう事情でした。遠い日の思い出の人でしたが、病に臥せっているとお仲から便りをもらって、ふっと昔、勇之進様の背中で約束させられた言葉を思い出したのです」

万寿院は、恥ずかしそうな目で、十四郎とお登勢を見た。

「そなたたちに迷惑をかけましたが、今、会いにいかなければ、私の胸に悔いが残る。同じ仏に仕える者として、見送ってあげたいという一心で参ったのです。そういうことです」

万寿院は、思い出を嚙み締めるように話を終えた。

どうやら永井という名の旗本に繋がるものは何もないことが分かって、十四郎もお登勢もほっと胸をなでおろした。

「お、お登勢様はいらっしゃいますか」

その日の夕刻、お仲が亭主の十兵衛と連れだって、転げ込むように玄関に入ってきた。

「これはお仲さん、あんたには一度、小言のひとつも言わなければと考えていたところですよ」

ちょうど帳場にいた藤七は、上がり框まで出迎えると、宿に入ってきたお客にお愛想の頭を下げながらお仲に言った。

「そのことについては謝ります。お話ししたいことがあるのです」

お仲は、亭主の十兵衛の背を促すように押した。

藤七は、目顔《めがお》で上がれと言い、お仲夫婦をお登勢のいる仏間に案内したが、二人が座るなり厳しく言った。

「お仲さん、万寿院様お忍びの件、私たちに黙って万寿院様をお誘いしましたね。自分を救ってもらったこの橘屋を、ないがしろにするような勝手な振る舞いは、もう二度となさいますな。今度このたびのようなことがあった時には、私が許しませんせん」

「申し訳ありません」

お仲は、目の前にいるお登勢と十四郎に、亭主と膝を揃えて頭を下げた。

「玉王寺のお坊様たちに口止めされていたのでございます。町の一介の僧の願いで万寿院様が外出できるとも思われません。そこで十代様の墓前に参られるついでに、立ち寄っていただきたいとお手紙を差し上げました。事が英慧様の最期のたっての願いだと知って、あのようなことになりましたが、私もあのお寺は経師屋である夫の得意先、心で皆様にお詫びしながら、内緒にしていたのでございます」

「済んだことはもうよろしいです。でも、藤七の言ったように、二度とあってはなりません。あの日より、万寿院様はたいへんなことになっているのですよ」

お登勢も強い口調で言った。

「申し訳ありません。お命を狙われているという話はお聞きしております」

「お仲、その話、どこで聞いた」

十四郎が険しい顔で聞いた。

少なくともお仲夫婦が、その後の騒動を知るはずもないのである。

すると、

「実は、今日お伺いしたのはそのことです」

そう言ってお仲は、

「おまえさん……」

亭主の十兵衛を促した。

「実は、たいへんな、恐ろしい話を聞いて参りましたので、このお仲に話しましたところ、私に話すより、直接お登勢様に話すようにと申しまして、それでここに」

怪訝《けげん》な顔を見合わせた十四郎とお登勢に、十兵衛は顔を強張《こわば》らせてその経緯を語った。

それによると、十兵衛は三日前から、築地の永井主水の屋敷に襖《ふすま》の張り替えで通っていた。

十兵衛の店、山城屋は新寺町にある。永井の屋敷は仕事場所としては随分遠くになるのだが、同じ町の懇意にしていた寺の住職から紹介されて断れず、築地行きの仕事を引き受けたのだという。

今日が最終日で、あらかた仕事が終わり、張り替えた部屋の襖を、ぬかりがないか点検して回っていたところ、隣室で永井が誰かと酒を飲んでいることを知った。

たわいもない世間話を聞くとはなしに聞いていたが、そのうち、慶光寺とか万寿院とか知っている名が飛び込んできたのだという。

「おやと思いまして、聞き耳を立てていましたら、今度はあんな脅しでは駄目だ。万寿院に怪我のひとつもお見舞いしてやらなければなるまい。さすれば、浴恩園の爺《じじい》も少しは反省するだろうよ、と襖の向こうの声は言ったのでございます」

十兵衛は、恐ろしげな顔で告げた。

世間で浴恩園の爺といえば楽翁をおいて他にはいない。

「間違いありませんね、十兵衛さん」

お登勢が言った。

「はい。楽翁様といえば万寿院様を支えている大事なお方……その万寿院様は女房の恩人です。何かあってからでは遅いと思いまして、飛んで参りました次第でございます」

「十兵衛、その永井主水の屋敷だが、浴恩園の西隣ではないか」

「そうです。その通りです」

十兵衛が相槌《あいづち》を打つと、藤七が膝を打った。

「十四郎様、増之助が入っていった、あの屋敷ですよ」

「そうらしいな」

「ご存じでございましたか」

「犬のいる家だな」

十四郎が念を押すと、十兵衛は強く何度も頷いた。

「いったい、どういうことなのでしょうか。万寿院様を狙うその理由は、楽翁様にあると、そういうことでしょうか」

お登勢は、二人が引き揚げた後、怪訝な顔をして、一度楽翁様にも確かめなければなりませんねと、十四郎の顔を窺った。

いずれにしても、十兵衛の話の通りならば、再び増之助は万寿院様に怪我を負わせるべく弓矢で狙ってくるというわけか――。

「そういうことだ。警護にいっそう力を入れてもらわねばなるまい」

十四郎は、すぐに慶光寺に出向いて、金五に告げた。

するとそこに、

「塙殿、近藤殿、侵入者の経路が分かりました。これを見て下さい」

栗田徳之進が入ってきて、縄梯子を二人の前に、どさりと置いた。

「どこにあったのです」

金五が緊張して聞いた。

「東塀の土手際です。草むらに隠してありました」

「どこです。案内してくれませんか。十四郎の話だと、ヤツはまたきっと来る」

「分かりました。ついてきて下さい」

「よし」

金五は十四郎に頷くと、先に立って外に出た。

慶光寺は最初から縁切り寺を目的として建立《こんりゆう》されており、寺の周囲はすべて三間《けん》（約五・四メートル）ほどの堀で囲んでいる。

外から容易に侵入できない配慮もむろんあるが、寺内で修行している女たちも、外に出られないようにという意味合いもあった。

従って慶光寺への出入りは、堀に架かった石橋を渡らねばならないが、正門前の三間幅の堀に架かる石橋の他には、寺の東西の塀の通用門前に一間幅ほどの石橋が架かっていた。

正門は昼間は開いているが、門脇には金五が詰めている寺務所があって、当然関係のない者は、寺には入れぬ。

東西の通用門は、通常は開いていない。厳重な閂《かんぬき》をした重たい戸が、たとえ石橋を渡ってきても侵入を拒んでいた。

ただ、いくら堀に囲まれているとはいっても、塀と堀との間には、二尺ほどの土手がある。

栗田が見つけたというのは、この土手のことだった。

「この草むらです、梯子があったのは……」

栗田がその一点を指した。

なるほど犯人は、東の通用門への石橋を渡り、そこの土手から梯子を塀に掛け、よじのぼったようである。

塀の上に立てば、鏡池が見渡せる。

ただし、方丈や庫裏《くり》となると、屋根が木立ちの中に顔を出しているばかりなので、万寿院の浴衣を射た時には、塀から庭に降りて、庫裏の裏手にある物干し場に侵入したということだろう。

想像しただけでもぞっとした。

「栗田殿、今日からここには必ず警護の者を置くようにして下さい」

十四郎は栗田に言った。

五

「永井主水……」

楽翁は、庭の盆栽に如雨露《じょうろ》で水をやっていた手を止めて、十四郎の顔を見た。

「はい」

「永井がわしに、何か恨みをもっていると」

「はい」

「馬鹿な」

楽翁は、吐き捨てるように言うと、縁側まで戻ってきて腰を下ろし、十四郎にも傍に腰を掛けるように促した。

「永井に恨まれる覚えなどない」

隣人とはいえ、永井主水は僅か一千石の旗本である。

楽翁は八代将軍吉宗《よしむね》の孫で白河藩十一万石の主であり、かつては老中首座だった人、比べようもない身分差があった。

「しかし、楽翁様がご存じないところで、逆恨《さか》みされているということも」

「逆だ。きゃつの窮地を一度隣人の誼《よしみ》で、救ってやっている」

楽翁はそう言うと、庭の先に広がる広大な瓢箪《ひょうたん》池に目を遣った。

池には白いさざなみがたっていた。

波は風が撫でて渡る時の爪の跡か、涼々とした冬景色をつくりあげていた。

「三年前だったか、永井は仲間の旗本や懇意にしている町人たちを集めて、屋敷内で富くじをやったのだ。もともと好きものが集まってやったことで、くじ札は大した数を出したわけではないが、どこからか悪事は漏れて、評定所《ひょうじょうしょ》の役人が動きだしたのを知り、わしに泣きついてきたことがあった」

「……」

そこで楽翁は、本人に二度とやらないという強い約束をさせた上で、屋敷内だけの戯言《たわごと》だったと庇《かば》ってやった。

それで永井は罪科《つみとが》を問われることなく今日まできている。

「他には何もない」

楽翁は言い、

「それにしても、万寿院様に危害を加えようなどと、以《もっ》ての外《ほか》だ。理由がどうあれ、わしが許さぬ」

険しい顔をして、立ち上がった。

「しかし、思いがけない話を聞いたものよ」

楽翁はしみじみと言う。

「はっ」

怪訝な顔で見た十四郎に、楽翁は苦笑して言った。

「万寿院様の昔の話だ」

「ああ」

「美しいひとだ。艶のある話のひとつふたつあっても当然だが、英慧とやら、幸せな坊主だ。先手をとられた」

楽翁は見たこともないような、ちょっぴり悔しそうな表情を見せた。その表情は少年のようでもあり、十四郎は町の隠居を見ているような親しみを感じて苦笑した。

隠居してから、女たちとの接触もすっかり断って、学問や趣味に没頭する楽翁は、人からは学問好きの女嫌いだといわれている。

しかし、十四郎が見てきた限りでは、楽翁が万寿院に接する時の表情は、あきらかに愛しい者に接するそれだった。

「何を笑っているのだ」

「いえ、何も」

「ともかく、厳重に万寿院様の警護を致せ」

「楽翁様もお気を付け下さいませ」

十四郎はそれで退出した。

玄関の式台《しきだい》から草履《ぞうり》に足を通していると、風に乗って激しく鳴く犬の声が聞こえてきた。

「あの犬は……」

振り返って、見送る若党《わかとう》に聞いた。

「永井様のお屋敷の犬の声です。雑種のようですが、大きな凶暴な犬です」

若党は聞こえてくる犬の声に、顔をしかめた。


その夜だった。

夜食を済ませた十四郎と藤七が、慶光寺の東の通用門で張り込んでいる栗田たちと交替してすぐだった。

薄闇の塀の上に、手が伸びてきて、黒い影が一人、さんざんに苦労して、塀の上に上り立ち上がった。

「十四郎様、増之助です」

藤七が緊張した声を上げた。

目を凝《こ》らして見詰めていると、増之助は庭に飛び下りてきた。

背中に長い袋を負っている。

――そうか、あれが弓矢だな。

十四郎はそう推測した。

だが、それにしては、袋の長さが短いと思った。半弓といっても長さは三尺はあるはずだが、増之助が担いでいる袋は、矢の長さほどしかなかったのである。

――別の武器かもしれぬ。

一抹の不安が過《よぎ》った。

――それとも、弓矢を持った別の人間がもう一人いるのか。

目を凝らしたが、増之助が塀の外に一度も目配せも言葉も交わさなかったことから、闇に紛れてやってきたのは、増之助一人だと十四郎は判断した。

なお、それを確かめるために、藤七に耳打ちして、表にまわって確認するように目で告げた。

増之助は塀から離れて、腰を低く折ったまま、草木の中を進み始めた。

十四郎は、ゆっくりと後を追った。

やがて増之助は、方丈の見える池のほとりに陣取ると、かすかに漏れてくる万寿院の部屋の灯を見詰めた。

背負っていた袋をおろし、中から半弓を取り出した。短く折り畳める作りになった半弓だった。

「何をしている」

十四郎の声に、増之助はぎょっとして立ち竦んだ。

「そいつを渡すのだ」

十四郎は増之助の手にある弓を奪い取ると首根っこを摑まえて、寺務所に引っ張っていって押し込んだ。

「な、何、するんだ」

増之助は寺務所の土間に突き飛ばされて尻餅をつくと、強気の言葉とは裏腹に、自分を取り囲んだ金五や栗田を、怯えた目で見上げて言った。

「何を強気なことを言ってるんだ。お前がどこの誰で、誰に弓矢を作らせて、そして誰の屋敷に出入りしているのか、こっちは全部お見通しなんだ。今まで放っておいたのは、この寺に現れるのを待っていたからだ。これでおまえは死罪だな、馬鹿な奴だ」

金五は脅すように言った。

「おまえだけではないぞ。親父さんも同罪だ。店は没収、親父さんもよくて遠《えん》島《とう》」

「店は没収、親父は遠島……」

増之助はぎょっとした顔で見た。

「そうだ。覚悟はできてるんだろ」

「お役人様に申し上げます。私は脅かされてやったんです。仕方なかったんです。むりやりやらされたんです」

増之助は、金五の袴の裾を掴むと、必死に叫ぶ。

「永井様に脅されていたんです。隅田川《すみだがわ》の土手から渡り鳥を狙っていたのを永井様に見つかって咎《とが》められて、それで、言う通りにしなければ、おまえを奉行所に突き出すと」

縋《すが》るように訴える。

「鵜《う》呑《の》みにはできぬが、助かる方法は一つ」

「へっ……何でも言います、致します」

「よし、では俺たちに協力するか」

「致します、約束します」

増之助は、土間に頭を擦《こす》り付けると、青い顔をして、金五に、栗田に、そして十四郎に頭を下げた。

十四郎の手には弓があった。

弓は折り畳み式になっていて、町の中を肩に担いで歩いたとしても、弓とは思えぬ長さに仕立ててあった。

十四郎は腰を折ると、その弓を増之助の鼻先に突きつけて容赦なく言った。

「さて、増之助。まず聞きたいのは、なぜ、永井主水は楽翁様に恨みを持っている。なぜ、万寿院様を狙ったのだ？　有体《ありてい》に言え」

「はい。ご存じかと存じますが、永井様のお屋敷は、楽翁様の浴恩園の西隣にございます。楽翁様のお屋敷の広さが百と致しましたら、永井様のお屋敷の広さは三つか五つ、いいえ、百分の一の広さでございましょう。常々から隣家の楽翁様には恐れおののいて生活していると申しておりましたが、この月の初めに事件が起こりました」

「事件だと……事件といえば、富くじの話ではないのか」

「いえ、それはわたくしも一役買っていたのですが、その話ではございません。飼っている犬のことでです」

「犬だと……」

十四郎は、浴恩園を退出しようとした時、激しい犬の鳴き声が聞こえてきたことを、ちらと思い出した。

「犬がどうしたのだ」

「永井様は主ともども、馬鹿にされたのです。それも、浴恩園の中間《ちゅうげん》風情にです」

その日、増之助は永井主水に誘われて弓矢を持って永井の屋敷に来ていた。庭に的を立てて、増之助が持参した半弓の出来栄えを確かめようというものだった。

永井は無役である。

暇を持て余しているから、屋敷には常に、浪人や町人がたむろしている。

退屈だから腕比べをし、勝った者には、永井の女の一人、出入りしている遊び女を抱かせてやるというものだった。

　弓の競技が始まってまもなく、永井が射た矢が、庭を徘徊していた勘太郎《かんたろう》の尻尾に当たった。

「勘太郎とは、犬のことか」

　十四郎が尋ねると、増之助は大きく首を振って頷き、話を継いだ。

　勘太郎は雑種で体が大きく常から凶暴な犬だった。

　犬は飼い主に似るというが、永井によく似て、一度怒ると収まりがつかない犬だ。

　矢を受けた犬は、一気に門まで走り、開いていた横手の潜り戸から表に飛び出した。

「捕まえてこい！」

　わが子のように溺愛していた愛犬の行方を案じた永井主水の狼狽《ろうばい》ぶりは、ただならぬものだった。

　だが、追っかけた先で家来が見たものは、勘太郎が通りがかりの町人の母と娘に嚙みついて、その悲鳴を聞いて走り出てきた浴恩園の若党や中間にも飛びついて、さんざんに打ち据えられている無惨な姿だった。

　永井の家来は、見過ごすこともできず、永井の名を名乗って、犬を引き取って帰ってきた。

ところがすぐにその後を、浴恩園の若党中間数名が押し寄せてきて、町人に治療代を払うことと詫びを入れること、それと、犬を飼うなら飼うで、人に迷惑を掛けないようにしろなどと厳しく言ったことがもとで、門前で喧嘩となった。

あんまり厳しく言われて永井の家来も逆上した。

しかし、どう争おうと、永井は一千石の旗本、むこうは十一万石、しかも非は明らかに永井家にあると、とどのつまりは平伏して詫びるほかなく、永井の家来が謝って一応の決着はついた。

だが最後に、浴恩園の中間が口走ったという言葉に、主の永井が恨みを持った。

「浴恩園の中間は、こんど今日のようなことがあった時には、犬の命は保証しないと、そう言ったのです。永井様はそれを聞いて、手を震わせて怒っていました」

「それで慶光寺の鳥や、万寿院様を狙ったのか」

「はい。そのようです。この前は脅しでいいと言っていたのに、今度は万寿院様に必ず怪我を負わせろと」

「卑怯《ひきょう》ではないか、こちらに矛先を向けるのは。逆恨みもここまでくれば開いた口がふさがらぬ」

「楽翁様に直接報復するのは恐ろしかったのだと思います。私は嫌々だったのでございますから」

増之助は、最後にまた訴えるように泣き言を言い、弱々しく頭《こうべ》を垂れた。

「まったく……呆れ果てた話だ。しかし、なぜ主水ごときが、楽翁様と万寿院様の繋がりを知っていたのだ」

「はい、それは先だってお亡くなりになりましたが、玉王寺の和尚英慧様と永井主水様は、昔、遊び友達だったとお聞きしています。英慧様から万寿院様のことはお聞きしていたようでございますから」

「なんと……」

十四郎たちは増之助の話に愕然として顔を見合わせた。

六

万寿院のお忍びの駕籠が慶光寺を出発したのは夕刻だった。

供回りは金五と十四郎と栗田のみ、駕籠は仙台堀《せんだいぼり》から隅田川沿いに出て、永代《えいたい》橋の袂に着いた。

金五は鋭い目を、十四郎と栗田に投げた。

ぶるっと栗田は身震いした。

栗田は刀は差しているが、剣術はからっきし駄目だった。恐怖で顔が引き攣《つ》っていた。

金五の合図で、駕籠は永代橋を渡り始めた。

行き交う人はまばらだったが、十四郎も金五も、容赦のない目を前後左右に走らせた。

駕籠が永代橋を渡りきろうとしたその時、西の袂にある稲荷の社《やしろ》から三人の浪人が、ふらりと出てきて道を塞《ふさ》いだ。その中の一人は十四郎にも見覚えのある、あの左腕のない男だった。

「そうか、お前も永井主水の屋敷の居候か」

十四郎は、片袖をたらした鋭い目の浪人に言った。

永井主水の名を告げられて、男に一瞬の怯《ひる》みが生じたようだった。だが、すぐに開き直ったようにせせら笑った。

「永井だと、そんな者は知らん。訳あってその駕籠の女に少しばかり天誅《てんちゅう》を与えるまでだ」

「天誅だと……利《き》いた風なことを言うな。このお方を誰だと思っている。退《ど》け、万寿院様と知っての狼藉《ろうぜき》か」

金五はわざと万寿院の名を出した。

「問答無用」

浪人の誰かが叫ぶと、浪人たちは一斉に刀を抜いた。

「永井の指図だな。お前たち、獄門《ごくもん》になってもいいというのか」

金五が言い、刀を抜いて駕籠を庇った。

刹那《せつな》、片腕のない浪人が、震えている栗田を撃った。

「ひゃー！」

栗田はもんどり打って、一間近くも飛んで腰を打った。

その隙を読んでいたように、片腕のない浪人は駕籠に向かって飛び込んできた。

十四郎は、その剣先を撥《は》ね返した。

駕籠を庇って立ち、言い放った。

「馬鹿な真似はよせ。お前たちには負けぬ」

言うより早く、横手から刃が打ち下ろされた。

一合《ごう》、二合、撃ち合って躱《かわ》し、再び駕籠を狙って突いてきた片腕のない浪人の剣を擦り上げると、空高くその剣を飛ばし、次の拍子にその浪人の肩を斬り下げた。

「うっ……」

蹲《うずくま》った浪人を見据えた十四郎は、もう一人の浪人が後ろから撃ってきたのを、背中を見せたまま、剣先を返して後ろに突いた。

どさりと重たい音がして、後ろの浪人が倒れ落ちた。

「に、逃げるぞ」

金五と戦っていた浪人が、抜き身を持ったまま、西に走って闇に消えた。

「栗田さん、こやつに縄を」

十四郎は腰をついたまま震えている栗田に言った。

「は、はい」

俄然元気を取り戻した栗田が、浪人に走り寄って縄を掛けた。

「馬鹿なやつめ。増之助の話を真に受けたのだろうが、この駕籠はおとり駕籠だ。誰も乗ってはおらぬ」

栗田は打って変わって威勢のいい、興奮した声で叫んでいた。

「十四郎様、あの声、聞こえますか」

お登勢は、十四郎の盃に酌をしていた手を止めた。

耳を澄ませるようにして、遠くに投げていた視線を十四郎に戻して見詰めてきた。

その目が熱く濡れているように見えた。

「ふむ」

十四郎も遠くの、その声を拾うような顔をしてみせた。

猫によく似たその声は、山谷堀《さんやぼり》に架かる今戸《いまど》の橋を過ぎたあたりから聞こえていた。

隅田川に飛んできた冬鳥の鳴き声だった。

「なんだか哀しい鳴き声ですね」

お登勢は我にかえったような顔をして、酒を注いだ。

二人は雪見船の中にいる。

未明から降り出した雪は、朝になってもちらちらと降り積もって、橋屋の周りは二寸ほどの雪に覆われていた。

事件も首尾《しゅび》よく解決して、あとは裁きを待つだけとなり、十四郎は二十日近く空き家にしていた長屋に帰るために、風呂敷に荷物を包んでいた。

そこへ金五がやってきて、雪見に行こうと誘ったのである。

事件が決着すると、お登勢がどこかに外出する癖を知っていて、誘いに来たのであった。

三人は、久しぶりに遊覧の船に乗った。

船は屋根船で、寒さを凌《しの》ぐ障子をはめ込んである。

その障子を開けて、しばらく隅田川両岸の雪景色を眺めながら、三人は酒を酌み交わしていたのだが、川風の冷たさにいったん障子を閉めた。

行き先の終点は、木母寺《もくぼじ》辺りと船頭には伝えてある。

その間に、金五はぐびりぐびりと酒を飲み、

「近頃は千草の前では飲めぬ。今日はぞんぶんに飲むぞ」

などと言い、一升ほど飲んだところで、先程から鼻提灯をつくって眠っていた。

お陰で船の中は静かになったが、ただ、二人で黙って座っていると、聞こえてくるのは船を漕ぐ水の音と、隅田川に集う鳥の声ばかりで、この世に二人っきりの感さえする。

お互いの気持ちは、もはや分かり過ぎるほど分かっているから、二人っきりになるというのも、正直十四郎には戸惑いがあった。

「十四郎様、実は、寺社奉行様と懇意になさっているさるお方から、お話がございまして……」

お登勢は言い、顔を伏せた。

「話?……そうか、縁談か」

「はい。橘屋のことを考えてのことと存じますが……」

お登勢は言葉を濁した。

船の中は、気まずい緊張に包まれた。

黙然として、十四郎が次の言葉を待っていると、

「ん?……そうだ。その話だ」

突然、金五がむくりと起きた。

「十四郎、おぬし、なんとか言わぬのか」

「金五、寝ていたのではなかったのか」

十四郎が苦笑すると、

「気になるだろう……俺だって気になるもんな」

にやにやとして、よっこらしょっと胡坐《あぐら》をかいて二人の間に座り、十四郎に向くと、

「よく聞け、お登勢はな、これ以上ない縁談を断ったのだぞ」

「……」

「ほらほらほら、十四郎、おぬしの顔、青くなったり赤くなったりしているぞ」

「金五」

「いいじゃないか。相手が誰だとは言わぬ。言わぬが勿体《もったい》ないような話だったのだ。まっ、俺もおぬしたちのことは気になっているからして、ほっとしているのだが、しかし、しかしだ。この先も同じような話は来る。どうするのか、二人とも覚悟しておいた方がいいぞ」

金五は一人でしゃべり、一人で楽しんでいるふうだった。

「それにしても、浪人の、風采《ふうさい》のあがらぬおぬしに……まあ、いいか。女人の心は分かりにくいものよ」

「あらあら、今度は千草様のことですか」

お登勢が笑みを作って話を逸《そ》らすように言った。

金五は、手を横に振って、

「万寿院様だ」

「万寿院様……」

「そうだ。俺からみれば、親しい人と別れるなどと、あんなことがあった後では、平静にはしておられぬ。ところがだ。そんなことがあったのでしょうかというような顔をされて、以前と変わらぬ毎日を過ごしておられる。いやはや、さすが万寿院様と感服しておる。女には勝てぬよ男は……そうだろう、十四郎」

「うむ」

金五の話は、あっちにいったり、こっちにいったりして、でもそのお陰で、いっぺんに船の中の空気は変わった。

「人間は一度しか生きられぬ。悔いのないように生きたいものだな」

金五が言った。

お登勢が、金五のむこうから、十四郎を見詰めてきた。

十四郎は、英慧の最期を思い出していた。

万寿院に手をとられて、血の涙を流した英慧の姿を……。

あの時、十四郎は、自分の姿を見ているような気がしていたのである。

第二話　弦の声

一

十四郎は、表門をくぐったところで激しい撥《ばち》の音を聞き、足を止めた。
哀切と激しさが胸に迫る三味線《しゃみせん》の音色だった。
——津軽《つがる》三味線か……。
と思った。
三味線の音は、表門前広場の二の鳥居近くから聞こえていた。
そこには人垣ができていた。
十四郎は静かに近づいて、人の肩越しに輪の中を覗いてみた。
莫蓙《ござ》の上に正座して、首を傾け一心に三味線を奏《かな》でる女が見えた。

黒髪の豊かな、目鼻立ちの整った、細面《ほそおもて》の女だった。

時折顔を上げて聴衆に目を走らせるが、その目は二重で涼しく、いわゆる目の不自由な瞽女《ごぜ》ではなかった。

また、鳥追《とりおい》と呼ばれる季寄せでもなく、唄比丘尼《うたびくに》でもなく、ただ三味線を大勢の前で弾き、なにがしかの銭を得ているようで、膝前に黒塗りの小さな木箱が置いてあった。

まもなく曲が終わると、集まっていた人々は、四方に散っていった。あれほど感心して聞いていたにもかかわらず、女の膝前にある木の箱に銭を入れる者は数人だった。

今日は小正月《こしょうがつ》である。場所は富岡八幡宮《とみがおかはちまんぐう》の表門前、それでも女に施してやろうという者は少なかった。

信心深い江戸の町人は、新年を迎えると、あちらこちらの神社や寺を参るのに忙しい。

富岡八幡宮も小正月になったというのに、まだ結構な賑《にぎ》わいをみせていたが、神仏に賽銭《さいせん》をはずんでも、大道芸人に銭はやれぬということらしかった。

十四郎は二軒茶屋の一つ『松本楼《まつもと》』の女将《おかみ》に、お登勢の用向きを伝えてきての帰りだったが、懐の銭袋を探ると中から一朱《しゅ》金を出して、女の木箱にことりと落とした。

はっとして女が顔を上げた。

「たくさん頂きました。ありがとうございます」

「雨でも来そうだ。早々に引き揚げた方がよいのではないかな」

十四郎は、暗くなりかけた天を指して女に言い、踵《きびす》を返した。

仲町《なかちょう》通りを西に歩きはじめてまもなく、後ろのそれも遠くで、何か異変を感じる物音を聞いた。

振り返ると、女がならず者の男三人に囲まれていた。

――いかん。

十四郎は後ろに走った。

「お前たち、何をしている」

走り込んで、女の手を摑んでいたならず者の腕を捩《ね》じ上げた。

「旦那、俺たちゃこの女のことを考えて言ってやってるんだぜ。こんな冷てえところで座るより、ほんのいっとき俺たちの相手をしてくれたら、よっぽど銭になるってな」

ならず者はせせら笑った。

今にも涎が落ちそうな、いやらしげな笑いだった。

その卑猥《ひわい》な顔に十四郎の拳《こぶし》が飛んだ。

「何しやがる！」

男は二間《けん》近くふっ飛んで、それでも猫のように体を起こしながら、叫んでいた。

だが十四郎が、ずいと前に出て睨み据えると、

「あ、兄い……」

手下の一人が、十四郎にふっ飛ばされた男に言った。

「ちっ、邪魔しやがって」

男は悔しそうに口走ると、おいっというように、二人の手下に顎《あご》を振って合図し、

「おぼえていやがれ」

十四郎に捨て台詞《ぜりふ》を残して去っていった。

「お助けいただいた上に、このような立派な宿にお連れいただき、なんとお礼を申し上げてよいか分かりません」

女は、お登勢の前に律義に手をついて礼を言った。

名をおまつと名乗り、奥州《おうしゅう》から旅してきたというのだが、江戸に出てきたばかりで、住む家も宿も決まっていないと言ったことから、十四郎は橘屋に連れ帰ってきたのであった。

お登勢は、十四郎の顔にちらりと視線を投げると、女の方に向いて聞いた。

「江戸にはいついらしたのですか」

「昨日でございます。昨夜は安宿に泊まりました。このような立派な宿に入ったのは初めてです」

「じゃあ、これから、西国《さいごく》に行かれるのですか」

「いいえ、江戸にしばらく住むつもりです。私、この江戸に人捜しをするためにやってきましたので」

「まあ……」

お登勢は、驚いた顔をして、

「じゃあ、三味線を弾いているのは、人寄せのためなのですか」

「はい。もちろんお金を頂ければありがたいのですが、私の三味線の音で集まった人の中に、捜している人がいるかもしれない、そんな思いがあるものですから」

「では、その方は、おまつさんが三味線を弾くことはご存じなのですね」

「はい……私の母が田舎で三味線を教えていまして、私も幼い頃から母に手解《てほど》きを受けていましたから」

「捜し人は、よほど大切な人らしいな」

十四郎は、おまつの顔を見た。

おまつの顔に微かに動揺が走った。どう返事をしていいのか戸惑っているようだった。

「よいぞ、話したくなければ話さなくてもいいのだ。それより、もう二度と、あんな目に遭わないような手立てを考えねばなるまい。生き馬の目を抜くと言われているこの江戸だ。莫蓙を敷いて座っていれば、またあのような輩《やから》がよからぬ誘いを掛けてこないとも限らぬ」

「そうは言っても、三味線が人捜しの強力な手立てになっているのでは、三味線なしでは困るでしょうから……」

お登勢は、視線を泳がせて、ほんのしばらく考えていたが、

「まっ、今夜はこちらで泊まって、明日はまず住家《すみか》を見つけて、それからです

ね」

　胸を叩いて、おまつに念を押すように言った。

　そして、仲居頭《なかいがしら》のおたかを呼んだ。

「おたかさん。布団部屋ですが、空いていますね」

「はい。夏場は布団で一杯になっているのですが、冬場は部屋の半分ほどは使用できます」

「では、このおまつさんを案内してやって下さい。宿代は頂戴しないように」

「承知しました」

　おたかがおまつを誘って部屋を出ていくと、お登勢は十四郎に言った。

「訳ありの方ですね」

「すまぬ。三味線の音《ね》に、なにやらのっぴきならぬものが感じられ、放っておけなかったのだ」

「当然です。わたくしでも同じことをしたと存じます。まあ、乗りかかった船です。長屋に落ち着くことができたら、事情を聞いてみましょう。いくら三味線が弾けるといっても、この広い江戸の隅々にまで聞こえるわけはございませんから、手助けできるところはしたいと思っています」

「ふむ、よろしく頼む」

十四郎はいつものことながら、不測の事態にもてきぱきと対応していくお登勢の姿に改めて感心していた。背筋を伸ばして立ち上がったその姿にも、即断即決をする顔にも、油断のない、橘屋の主としてのきりりとしたものが窺える。いったんこうと決めるや一瞬のあとには迷いのない顔で、いつもの甲斐《かい》甲斐《がい》しい橘屋の女主人に戻るお登勢の変わり身の鮮やかさに舌を巻く思いなのだ。

昨年の暮れに雪見船で見せた、お登勢のあのはかなげな風情、今にも抱き締めてやらねばと思わせるような切なさと、どこでどう繋がっているのかと思われるほど、お登勢はその場その場で顔を変える。

――あれから二十日以上は過ぎている。

とお登勢に目を遣った時、

「十四郎様、何を考えていらっしゃるのですか」

お登勢が笑顔で聞いてきた。

「何、つまらぬことを考えておった」

「つまらぬこと……どんな？」

「うむ。今夜の飯はあったかどうかなどとな」

思いつかずに適当な返事を返した。何ともさもしい返事になった。

「まっ」

お登勢は楽しそうに笑って、

「お食事はすませてお帰り下さい。今お民ちゃんと用意いたします。小正月ですから、あずきめしを炊いていますからね。そうそう、浜焼きも京豆腐もありますから……ちょっと待って下さい」

そう言い置いて、素早く袂を帯に挟んで白い腕をむき出しにすると、慌てて小走りに台所に向かった。

十四郎は苦笑して、お登勢の後ろ姿を追っていた。

二

「何が嫌といっても、亭主のすべてが嫌なんです」

三味線弾きのおまつに長屋を見つけてやってまもなく、ひと息ついたその日の夕刻、橘屋に女が駆け込んできた。

名はお常《つね》といい、住まいは福井町《ふくいちょう》一丁目の裏店《うらだな》、亭主の長吉《ちょうきち》は油の小売商で、自分は柳橋《やなぎばし》の南袂にある船宿『小松屋《こまつ》』に通いで勤めている女だった。

年は二十三歳だというが、帯の付け方、襟の抜き方、なによりふとした拍子に投げる視線や仕種に、荒れた感じが見受けられた。

「しかし、そんな雲を摑むような理由で離縁の手助けはできぬよ」

十四郎は、じろりと見た。

お常ははっと、身を縮めるようにして、

「外に女がいるんですよ。それでもですか」

「それはまことか」

「働きが悪いくせに、それを言うとあたしを叩くんですよ、それでもですか」

お常は、挑戦的に説明して、十四郎やお登勢の顔を窺った。

「お常、亭主は油の量《はか》り売りだと言っていたな」

「はい。亭主の長吉とは昔、手に手をとって国を出てきた訳なんだけど、その時には頼もしく見えましたよ。俺はきっと、ちゃんとした店を持つって夢を語ってさ……あたしもその言葉にほだされて一緒になった訳だから……」

お常はそこまで言うと、鼻で笑って、

「口だけの人なんですから。なんにもできやしないのに、大きなこと言って……

あたしは騙《だま》されたようなものなんです。あんな人と一緒になったばっかりに、一生を棒に振ったんですよ」

「お常」

十四郎は苦笑した。

たかだか二十三年生きてきて、一生を棒に振ったもないものだと思った。

武家社会の婚姻や、上流の町人社会の縁組みならまだしも、お常は自分から進んで亭主と国を出てきたのではないか。

「お前もそこまで言うのはどうかな。この江戸で店を持つと言ったって、そう容易《たやす》い話ではない」

「そうかもしれませんが、旦那、もうほとほと嫌になったのでございますよ。あの人が物を食べているのも汚く見えますし、あの人の肌着を洗うのも本当に嫌」

吐き捨てるように言う。

「お常さん、ご亭主が汚いなんて……聞きにくいことをお尋ねいたしますが、もう、夫婦の関係はなくなっているのですね」

お常は、はっとしてお登勢を見たが、お登勢を見詰めたまま、こくりと頷いた。

「あなたの方が嫌なのですね」

お常は、また頷く。

お登勢が今まで扱ってきた離縁話でも、女房が亭主を汚いなどと言う場合は、たいがい夫婦の関係は絶えていた。

夫婦の関係が絶えて久しい場合は、男と違って女の場合は、相手に対する嫌悪感は増幅していく一方のようだ。

一度そうなった関係を他人が中に入って修復するのは難しい。

ただ一つ、そのような場合であっても、夫婦の危機を解消したいという願いが双方の気持ちの片隅にでも残っていれば、修復できないことはない。

そういう気持ちは片方だけでは駄目で、夫婦が同じ思いで立ち向かった場合、ひょんなことから、以前よりも仲がよくなる場合だってないわけではないのである。

だが、今、目の前で唾を飛ばして亭主の欠点を訴えているお常には、そんな望みはありそうにもないと思った。

「お常さん、ご亭主には女がいると言いましたが、相手の名前や住家は分かっていますか」

「いいえ、それは……調べてもらえば分かりますよ」

「分かりました。それはこちらで調べますが、お常さん、あなたは、どうしてもご亭主と別れたいのですね。寺で修行をしてもですね」

「はい、どんなことをしても、別れたいと思っています。よろしくお願い致します」

お常は、十四郎とお登勢に手をついた。

「そういうことなら、もう家には帰れないでしょう。この宿に泊まりますか」

「いいえ、あたし、船宿で住み込みできるように、小松屋の女将さんにお願いしてありますので」

「随分手回しがよいな」

十四郎は苦笑した。

「だって、あたしが別れたいなんて言ってることを亭主が知ったら、あたし、殺されるかもしれませんもの」

「いずれにしても、一度双方の話をお聞きして、事実かどうか調べた上で、決することになりますから」

お登勢がそう言うと、お常は不服げな顔をしてみせた。

お登勢は更に、

「これは、あなたにも一生の問題でしょうが、ご亭主の長吉さんの一生にもかかわる問題です。片方の言い分だけ聞いて、勝手に処理するというわけにはいかないのです」

「……」

「それとですね。もしも、あなたの申し立てに嘘があったなら、この話はなかったことになります。よろしいですね」

厳しい顔で念を押した。

お常は、女側の言い分だけで、離縁を約束してもらえると思っていたらしく、納得いきかねる顔をして引き揚げていった。

「十四郎様、どう見ました」

一息ついたお登勢が、茶を淹れ直して十四郎の前に置いた。

「うむ、調べてみなければなんとも言えぬが……」

十四郎は、妙な違和感を感じていた。

夫に愛想《あいそ》が尽き、離縁を望んでいるといっても、それは一つの悲しい決断であるはずだった。

だから大概の女には、離縁を望むと言いながらも、そこに至るまでの心の底の苦しい葛藤《かっとう》が垣間《かいま》見えるものだ。

ところがお常には、そういったものが稀薄だったのである。

「油売りの長吉か、さっそく会ってみるか」

十四郎は、新しい茶を飲み干した。

裏店が活気づくのは夕刻だろう。特に陽が落ちるまでの井戸端には、長屋に住む女たちの弾んだ声が飛び交って、入れ替わり立ち替わり自分の家と井戸端を往復しながら、この時とばかり、近隣同士の絆《きずな》を確かめ合うのである。

長屋で所帯を持っている女は、これができなければ、長屋では浮いた存在になる。

たとえ気が向かなくても、女たちは誰かに調子をあわせて、無駄口を叩き、大口を開いて笑うのであった。

どこかで遊んでいた子供たちも、この頃になると、虫が明かりを求めるように帰ってきて、母親が太い腰を振りながら井戸端で菜を洗っている傍にべったりくっついて、叱られたりするのである。

どこの家にも行灯《あんどん》に灯が点《とも》り、子供たちも家の中に引っ込むような時刻になると、この喧騒《けんそう》は止み、おのおのの家族が家の中で食事をする音が、路地に漏れてくるのであった。

こんな時に、明かりも人気《ひとけ》もない家ほど寂しいものはない。

お常と長吉の家も、まさにそんな一軒だった。むろんお常はいないから、井戸端で女房たちの会話に参加する者もおらず、子供もいないから、ずっと家はひっそりしたままだった。

——さもあらん。

十四郎は、まだ少し路地が明るいうちに訪ねてきたのだが、いくら待っても長吉は帰ってくる気配もないから、先程長屋の女房たちに聞いた茅町《かやちよう》の縄暖簾《なわのれん》『いろは』に行ってみる気になった。

そこならば、長吉に会えるかもしれないと言われたからだ。

はたして長吉らしき男が、店の奥にあるちょっとした板敷きに上がって、背を壁にもたせかけて片足を立て、ちびりちびりとやっていた。

眉間に皺をよせて何か考え事をしているのか、険しい目を店の中に泳がせて、太い溜め息を吐くと、じろりと土間に置いてある筒状の桶を見た。

桶は商売用の油の入った桶である。男は振り売りで、これを担いで得意先を回るのであった。

その男は途方に暮れている顔つきだった。

十四郎は、ゆっくりと近付いて、

「油売りの長吉だな」

尋ねると、

「そうだが……」

何の用だと迷惑そうな顔を向けてきた。

台の上に並べられている大根の炊いたものや、漬物などにも少しも箸をつけた形跡がなかった。

「俺は深川の橘屋の御用を務める者だが、少しいいかな。俺が奢《おご》るぞ」

一見した折の侘しげな長吉が哀れに思えて、十四郎は優しげな声を出した。

「深川の橘屋？……聞いたこともねえな」

長吉は怪訝な顔をして、膝を戻して正座した。

十四郎は框《かまち》に腰を掛けたままで小女《こおんな》を呼び、酒を注文すると、長吉に向いた。

「何にも知らないようだな。橘屋というのは、駆け込み寺の御用宿だ」

長吉の顔色が変わった。

「お常が行ったんですかい」

「そうだ。それで、お前の話を聞きにきたのだ」

長吉は、ふっと苦笑すると、

「旦那、あいつが何を言ったか知らねえが、俺は別れねえぜ」

「……」

「それどころじゃねえやな」

独りごちた。

「旦那も見ての通り、毎日毎日、そこの重たい桶を担いで商いをして五年近くになるんでさ。やっとそこそこの金が貯まってきたってのに、なんで別れ話など切り出されなきゃならねえんだ」

「お前には女がいると言っていたぞ」

「馬鹿な。女がいる男が、こんなところで大根を肴《さかな》に一人で飲むものか。そうでしょう、旦那」

「うむ」

長吉の言う通りだと思った。

「夕飯を女房に作ってもらいてえのを、こんなところで我慢してるんだ」

長吉は、ふっと笑って、

「どうかしてるんですよ、あいつは……俺はお常に男ができたんじゃねえかと思っているんですよ」

「お常に男がいると……」

「だがよ、大きな目的があって俺たちは江戸に出てきたんだ。そんなことは店を持ちゃあ忘れてしまえるかもしれねえ。俺はそう思って、黙って見てきたんでさ。いや、正直なことを言うと、問い詰めて確かめるのが怖かったということもありやすが、お常の奴は自分のことを棚に上げて、何、世迷《よま》い言《ごと》を言ってやがるんですかね」

「ふーむ。一応、尋ねて確かめねばならぬから聞くが、お前はお常に乱暴はしていまいな」

「まさか……手がつけられなくなるのは向こうですよ」

「そうか……」

十四郎は、長吉をまじまじと見た。

多少お常の言い分が身勝手だと憶測はしていたが、長吉から話を聞いてみると何もかも話は逆で、それが本当なら長吉の我慢には感心するほかはない。

そんな女ならすっぱり別れた方がよっぽどすっきりするのじゃないかと思ったのである。

「それでもね、旦那。あいつに苦労をかけてきたことだけは確かですから、それを思うと、はいそうですか、と別れるわけにはいかねえんですよ。二人して幸せを摑もうって、それでやってきたんですから」

「……」

「俺たちゃ、江戸に出てくる時、それぞれが大切な人を裏切って出てきてるんです。それを考えると……」

長吉は、苦しげな表情をみせて、所在のない目を泳がせた。

だがその目が硬直した。店の入り口に向けられたまま釘付けになっていた。

十四郎の後ろで、聞いたことのある声がした。

「一曲、弾かせて下さい」

おまつだった。

おまつが、三味線を抱いて店に入ってきて、板場の主に交渉しているところだった。

「旦那、そういうことですから」

長吉は、慌てて土間に滑り降りると、桶を摑んで勘定もそこそこに、板場に背を向けて外に出た。

――なぜだ。

十四郎は、長吉の消えた外の夕闇から、店の中のおまつに視線を戻した。

「ありがとうございます。それじゃあ、一曲」

おまつが明るい顔でこちらを向いて、頭を下げた。

十四郎に気づいて、笑顔で会釈をすると、津軽三味線を弾き始めた。

店は一瞬にして、静かになった。

おまつの三味線は胸の奥まで染み渡る。

激しい音色だが、聞き終わると、なぜか人の胸の奥に熱いものが滲《にじ》み出るような気がするから不思議である。

十四郎は、一曲聞き終えたところで、ぽんとおまつの肩を叩いて、表に出た。

長吉の様子が尋常ではなかったことが気になっていた。

長吉は国を捨ててきたと言った。人を裏切って出てきたと言った。自分を知っている国の人には会いたくないに違いない。

ところが長吉はおまつを見て驚いた。避けているような気がしたのは、自分の昔をおまつが知っているということかもしれない、と十四郎は思ったのだ。

はたして店の外に出て、十四郎は立ち尽くした。

隣の小間物屋の店先の暗がりで、いろはの店から流れてくるおまつの三味線を、背中で聞いている長吉の姿を見たからだった。

長吉の肩は震えていた。

泣いているようにも見えた。

三

船宿『小松屋』は柳橋の南袂でも、もっとも隅田川寄りの場所にある。

一番角の隅田川べりには両国《りょうごく》稲荷というお稲荷さんがあるのだが、小松屋はその稲荷の隣にあった。

客の出入りがもっとも多いのは夕刻で、近頃は船宿も料理旅館と変わらぬ営業をやっていて、商人たちの会合にも使うし、その延長で泊まり客があれば、それにも対応できるようになっていた。

しかも舟を使って隅田川の見物もできるし、猪牙舟《ちょきぶね》で吉原《よしわら》にも連れていってもらえるのだから、結構どこの船宿も繁盛していると聞いている。なかでも小松屋は立地条件もよく、客も多いように思われた。

藤七はもう何刻なのか、稲荷の鳥居の前から小松屋を睨んでいるか分からなかった。

正月を過ぎたばかりで、まだ寒い。

お登勢が死んだ亭主のものだったという南蛮の毛のえりまきを掛けてくれたが、それがなかったら、まったくこんな川端近くで張り込めるものではないなと思った。

去年の暮れ、お登勢は寺社奉行の知り合いの者が持ってきた再縁の話を、やんわりと断っている。

相手は日本橋《にほんばし》のさる呉服屋の主だった。

十歳になる娘が一人いる女房を亡くした男だったが、見栄えのいい旦那だった。

その旦那は、跡取りの息子も欲しいし、なにしろ、ある席で見かけたお登勢が頭から離れなくなって、懇意にしている寺社奉行に泣きついたものらしかった。

条件はお登勢の意向をすべて呑むというものだった。

橋屋をやりたければやればいいと、そこまで譲歩した話だった。

だがお登勢は、ありがたい話だけれども、自分は橘屋の女将と、呉服屋の女将の両方の荷は負えないし、そんなことなら皆さんに迷惑を掛けることになるからと丁重に断ったのである。

藤七は、お登勢の胸の中に、ずっと十四郎への想いがあることは知っている。だからこそ断ったのだとは思うのだが、いつか二人が一緒になれるのならともかく、そうでないのなら、新しい人生に踏み出しても良いのではないかと考えている。

藤七自身も、橘屋のこの先について、近頃はつとに考えるようになった。

いざという時には、誰かに御用宿としての札を譲ってもいいとはいうものの、できればお登勢の血の繋がりがある息子か娘が、跡をとるのが一番いい。

橘屋はただの旅籠《はたご》ではないのである。

まあ、藤七などが、やきもきしても始まらない話だから、口も出さずじっと見守ってはいるのだが、

——このえりまきも……。

藤七は柔らかくてあたたかいえりまきを触って、

——亡くなったご亭主の思い出のひとつである。

ありがたくて申しわけない気持ちになる。

人は思い出だけでは生きられぬ。生きている生身の人間が、新たに希望を持って生きようとすれば、前へ進むしかないのである。

それを考えれば、夫の遺品をいつまでも自分の手元に置いておいては、先には進めない。ある程度の整理は必要なのである。

とはいえ藤七は、使用人の自分が、大切にしまっていた形見のひとつのえりまきを貰ったと思うと、いっそう橘屋の御用を勤めなければと心を新たにしているのであった。

藤七が隅田川の川風の冷たさに、足を踏み、手に息を吐き掛けながら、そんなことを考えていると、夕刻にお常と一緒に店先まで客を迎えに出ていた女が、風呂敷包みを抱えて勝手口から表に出てきた。

勤めを終えて、家に帰るつもりのようだ。

「姉さん、ちょっとよろしいですかな」

藤七は、歩み出した女の背に声を掛けた。

女はぎょっとした顔で、藤七を見返した。

「いやいや、怪しいものではございません。私は深川の橘屋の番頭ですが」

そこまで言うと、女は、ああっというような顔をした。

「お常さんのことかしら」

ありがたいことに、向こうから聞いてきた。

「そうです。あんたが知っていることだけでいいから、お常さんのこと、話してもらえないかと思いましてね。何、お手間はとらせません。歩きながらで結構ですから」

「それなら助かります。わたしこれから家に帰って、いろいろと用事がありますから、年老いたおっかさんがいるんです。足が弱くって手がかかりますから」

女はにこりと笑って、頷いた。

軒行灯から流れる灯が、女の優しげな顔を映しだしていた。

藤七が女と並んで歩き始めてすぐに、女があっとなって前方を見た。

「伊之《いの》さん……」

女は、近づいてきた男に、ぺこりと頭を下げた。

「いるんだろ」

伊之という男は、遠慮のない言い方で女に聞いた。

「はい」

女が頷くと、男は船宿の暖簾を、慣れた手つきで撥《は》ね上げて、中に消えた。

その男は、一見、ならず者のような男だった。

そんな男と馴れ馴れしい言葉を交わした女を、怪訝な顔で見た藤七に、女は言った。

「あの人、伊之助《いのすけ》さんというんですが、お常さんに会いにきたんです」

「ほう、泊まっていくのか」

「さあ、わたしはいつもこの刻限に帰りますから……」

女は口を濁したが、聞かなくても答えは決まっているのだと藤七は察しをつけた。

「お常は、その伊之助といい仲だというのか」

金五は苦々しい顔で、お登勢の背中に話しかけた。お登勢は仏壇に花を供えていたが、裾を払うと金五に向かい合って正座した。

「伊之助っていう人は、堅気者《かたぎもの》のようには見えなかったって藤七は言ってましたから、お常さんは騙されているのかもしれませんね」

「騙されているかどうかは知らぬが、それじゃあお常は、自分の方が亭主を裏切っているくせに、ここに駆け込んできたということになるではないか。けしからんな」

金五は口をへの字に曲げると、

「早々にお常に言ってやれ。おまえの頼みは受けられぬと……それどころか、嘘をついて駆け込んできた女の末路はどうなるのか……男が居たのが真実なら女郎宿に払い下げられるのだということもな。今のうちなら許してやるからと、そう言ってやることだ」

「おっしゃる通りです。でも、騙されているのだとすれば、放っておくこともできません」

「お登勢……」

「それになにより心配なのはご亭主の長吉さんの方です。できれば元の鞘《さや》におさまってくれないかと、そういう手立てはないものかと考えています」

「お登勢、そんな軽々しい別れ話にそう入れ込むな。体が持たぬよ」

「近藤様」

お登勢は、金五の言葉を咎めるように、

「私たちの仕事は、離縁させることばかりではございません」

「まあ、そりゃあそうだが」

「誰だって夫婦になった時には、この人と一緒に添い遂げようと考えていたはずです。でもそれが、相手を嫌いになり、憎み、別れたくなる。これほど哀しいことはないではありませんか。私は思うのです。物事の初めをもう一度考えれば、また出直すこともできるのかもしれないと……」

「……」

「頼るべき人も、相談する人も、喧嘩をする人もいなくなった空《むな》しさは、なくした者にしか分からないと思いますが、離縁してから気づいても遅すぎます。今、離縁を望んでいる夫婦に、そういうことを考えてほしいのです。もう一度考える余地はないのかということを考えてほしいのです」

「そりゃあ分からぬこともないが……」

「近藤様もお感じになっていると存じますが、夫婦というのは、相手がそこにいることだけで煩《わずら》わしさを感じることも多々ありますが」

「おいおい、俺は千草と、まだそんなところまでいってないぞ」

金五は苦笑した。

「そうでしたね。失礼しました」

お登勢は笑って返すと、元の顔に戻して、

「本当に信頼できる相手がいれば、ささやかな幸せも大きな幸せになりますし、辛いことも労《いたわ》りあうことで解消されます。離縁とは、その相手がいなくなることです。たとえ、自分の気持ちだけにこだわって一方的に別れられたとしても、相手からみればどうでしょう。相手からそういったもろもろの心の支えをもぎ取ってしまうことになるのです」

お登勢は夫を亡くしているということもあるが、多くの女たちの離縁に手を貸してきたからこそ、そのように思うのであった。

「お登勢殿、金五が来ているのか」

十四郎が入ってきた。

「いかがでしたか」

お登勢が聞いた。

十四郎は、お常と長吉が住む長屋に出向いて、夫婦の様子を聞いてきたところであった。

「長吉は、馬鹿がつくほど真面目な男のようだ。飲みに行くのも、俺が行った『いろは』と決まっているらしい。お常は陽の高いうちから小松屋に行くから、長吉は毎晩いろはに立ち寄って家に帰るらしいのだが、それだって酒を一杯と肴のひとつも注文すればいい方だと言っていた。家に帰ってきて夜食に茶漬けを一杯食って寝る。それが日課だと言っていた」

「そう……お常さんは、あれから家には帰ってないのですね」

「そのようだな」

「伊之助という野郎と、いいようにやっているというわけか」

傍から金五が言った。

「多分な。小松屋では朋輩《ほうばい》と相部屋のようだから、どこかの出合茶屋に行くか、伊之助の長屋に行くか」

「とんでもない女だよ、まったく」

金五が怒る。

そこへ、ただいま戻りましたと、今度は藤七が帰ってきた。

藤七は、三十半ばかと思われる女を連れていた。

青い縦縞の着物に黒繻子《くろじゅす》の帯を締めた地味な女だったが、生活に疲れているのが表情や体から見てとれた。

「おみのさんという人です」

藤七が紹介すると、おみのは頭を下げて、

「おみのです」

と挨拶をした。口数の少なそうな女だった。

藤七がおみのに代わって、

「この人は、つい最近まで伊之助のいい人だったんです。でも、お常さんという人が現れて、捨てられたんだそうですが、話を聞けば聞くほど気の毒な」

説明しはじめた途端、おみのが、

「うっ……」

声を殺して顔を覆《おお》った。

悔しさや哀しみが一気に噴き出してきたようだった。

藤七が、それを横目に説明した。

「この人も、お常さんと同じように人の妻だった人です」

「まあ……」

お登勢が小さな声を上げて、十四郎を、そして金五を見て、哀しげな顔をおみのに戻した。

藤七が話を続ける。

「おみのさんは神田河岸《かんだ》にある茶屋に長く勤めていたようです。ご亭主は下駄の職人だったようで、表店《おもてだな》に暖簾を張るのが夢で、二人でこつこつ金を貯めていたようですが、そこへ伊之助が現れた。伊之助から、おまえさんが好きだと、毎日のように店に顔を出して言われたおみのさんはその気になった。体の関係ができたところで、伊之助と一緒になるのを決めたらしい。そうだね」

藤七がおみのに念を押すと、おみのは頷いて、涙に濡れた目をきっと上げた。

「何の落ち度もない亭主と別れて伊之助さんの長屋に走りました。それまで夫婦二人で貯めたお金の半分を、わたし、亭主からもぎ取るようにして貰って伊之助さんのところに行きました」

「お金は二十両ほどだね」

藤七がまた念を押す。

「はいそうです。でも、伊之助さんは一緒になってくれるどころか、そのお金がなくなると、わたしを呼び出して、あの時は柳原《やなぎわら》の土手でしたけれど、お常という人に心がうつってしまったと言ったんです。その時お常さんという人も傍にいました。わたしが馬鹿だったのですが、騙されたんです。あの人、お金が目当てだったんです。今となってはですが、裏切ってしまった亭主に申し訳なくて……」

おみのは泣き崩れた。

「伊之助は小金を持っている人の女房ばかりを狙っているんですよ。近頃では若い娘より人の女房の方がすれてないですから、ひっかかりやすいんです。女に金がなくなれば、次の女を探すんです」

藤七は言い、大きな溜め息を吐いた。

「許せぬ。伊之助のような奴に縄を掛ける手立てはないのか、十四郎」

金五が言った。するとすかさず、

「そのうちに尻尾を出します。いいえ、いざとなったら、このわたくしが引っ張り出してみせますよ」

お登勢はきっぱりと言い、

「おみのさん、あなたもしっかりこれから生きて下さい。女の意地を伊之助に見せてやることです。そんな卑怯な男がいつまでも大手を振って歩けるはずがありません」

おみのを力強く励ました。

おみのが俯《うつむ》いたまま、うんうんとお登勢に頷いてみせる姿を十四郎は眺めながら、おみのも哀れだが、おみのの亭主だった男は今頃どうしているのだろうかと考えていた。

ふっと、お常の亭主の長吉の姿と重なった。

長吉が屈託のある顔で酒を飲んでいた姿を思い出していた。

四

長吉は夜具を被り、行灯の灯《あかり》ひとつを頼りにして、買い込んできた酒を茶碗に注ぐと一気に呷《あお》った。

空《から》の茶碗を手に持ったまま、じっとささくれだった畳を見詰めていたが、こんどは茶碗を脇に置くと、徳利の口から直《じか》に飲んだ。

喉を鳴らしてむせるほど呷る。

だがまもなく、大きな息を吐くと、乱暴に徳利を畳の上に置いた。

「ちくしょう、どうなってるんだ」

長吉は、薄暗い土間に置いてある商売用の油の桶を、ちらりと睨んだ。

あれほど自分が回って行くのを心待ちにしてくれていた女たちが、誰も長吉の油を買ってくれなくなったのである。

その原因が皆目《かいもく》長吉には分からなかった。

長吉が、今まで長年油を売ってきたのは、神田川の北に広がる町屋だった。主に長屋の女房たちで、長吉は重宝《ちょうほう》されていたはずだった。

それというのも、長吉は油売りといっても、何種類もの油を扱っているからである。

天秤で担ぐ油桶は、前と後ろに一つずつと決まっているが、一つの桶と見えるその桶は、幾つもの桶を重ねた按配になっていて、種油《たねあぶら》、魚油《ぎょゆ》などの灯火用油、食用としての胡麻油、油障子などに塗る荏《え》の油、女の髪の毛にも用いる椿《つばき》油と、顧客の油に対するどんな希望にも応えられるように、手間も暇もかかる小売りをやってきた。

それが認められて、女たちはどこに行っても首を長くして待っていてくれたし、日雇稼ぎなどに行っている女たちからは、紅《べに》や白粉《おしろい》まで頼まれて、小間物売りの役目まで担ってきた。

長吉は決まった日に、得意先を回った。

一のつく日はどことどこ、二のつく日はこちらとあちらというように、訪問先と訪問日はけっして違《たが》えなかった。

「嵐が来たって、槍が降ってきたってさ、長さんだけは今日と決めたら今日来てくれるから助かるんだよ」

女たちはそう言った。定期的に回ることで、女たちは自分の都合に合わせることができたのである。

そういった細かい、気配りの届いた商いが女たちには受けた。

だから長吉は、雨の日も風の日も、決まったように得意先を回ってきた。

国を出てから五年である。

そうやって働き詰めに働いて、ようやく金も五十両ほど貯まっている。

——あと少し頑張れば、府内の片隅に小さな油屋が持てる。

そう思った矢先に、得意客がみんな揃ってそっぽを向いたのであった。

誰かに場所を取られたに違いなかった。

——明日からは川向こうを回るしかあるまい。

しかしそれは、振り出しから始めるに等しく、たいへんな労力と根気がいる。

ここに来て、どうして俺は、こんなに運に見放されちまったのだと、愚痴を言いたいくらいであった。

——それにしても……。

おまつはなぜ、江戸に出てきたのだ。

長吉の脳裏には、縄暖簾いろはに突然入ってきた、三味線弾きのおまつの姿が、忘れようとしてもたびたび浮かんで、離れなかったのである。

——おまつは、俺を捜しにきたに違いない。裏切った俺を追っかけて、国を出てきたに違いない。

記憶の中にある苦い思い出が、走馬灯《そうまとう》のように蘇る。

それは五年前の春だった。

長吉は二十一歳、三つ下の三味線師匠の娘おまつと、雪が融ければ祝言《しゅうげん》を挙げることになっていた。

長吉の父親は畳表の商人をしていて、長吉は次男坊だった。

おまつと祝言を挙げた暁には、畳表の仲買人をしてもいいし、また別の商売をしてもいいと父親に言われていた。

ある晩のこと、長吉は無性におまつを抱き締めたくなった。酒が入っていたこともあったのだが、おまつの家に忍び込んだ。

それまでのおまつとの関係は、手は握り合ったが、抱き合ったことはなかった。

しかし夫婦になることが決まった以上、もう肌を合わせることぐらい許されてもいいではないかという思いが長吉にはあった。

ところが、忍んでいったおまつの部屋の前で、長吉はおまつの母親が、おまつの部屋に入るのを見たのである。

長吉は思わず庭の手水桶《ちょうず》の傍の、雪を被った椿の木の傍に身を潜めた。

しかし、待っても待っても母親はおまつの部屋を出てくることはない。

とうとう長吉はしびれを切らして立ち上がった。

その時、長吉の体が椿の木に触り、雪がずり落ちた。

どさりという音がして、思わずまた木の陰に長吉は身を隠して息を殺した。

おまつの部屋の灯は、弱々しいが、長吉のところまで延びてきていた。

その淡い淡い灯の流れが、長吉の目の前に一輪の紅椿を浮かび上がらせていた。

雪がずり落ちて、それで姿を現したようだった。夜目にも瑞々《みずみず》しい紅が、長吉の目を捉えていた。

紅の色艶が、おまつの声や体と重なって見えたのである。

――ちくしょう。

長吉は舌打ちした。

おまつの母親は、三味線の稽古でも鬼師匠といわれるほど厳しい人だった。当然おまつとのことも祝言を挙げるまでは清い関係でいることを、それとなく二人揃って言い含められていたのである。

未練を抱えたまま、長吉は椿の木をそっと離れた。

その時だった。おまつの部屋の戸が開いて、

「やっぱり、垂《しず》り雪《ゆき》だったのね」

おまつの母親の声が聞こえた。

長吉はその声から逃げるように、町の飲み屋に黙然として向かった。

飲み屋は『田原屋《たはらや》』という店だったが、そこには友人の喜作《きさく》と夫婦約束をしているお常がいた。

その晩長吉は、この田原屋で酔いつぶれたのである。

喜作の友人ということもあって、お常が店の板間に布団を用意してくれて、長吉はそこで横になっていたらしい。

らしいというのは、夜中にお常が心配して様子を見にきてくれたからだった。

「長吉さん、大丈夫ですか」

お常は小さな声で言い、長吉の布団に足を入れてきたのである。

と言った長吉の口を「しっ」とおさえて、お常は布団に滑り込んできた。

「おめえ……」

「い、いいのかい」

長吉の声は震えていた。

「いいの。あたしは喜作さんより、あんたの方が本当は好きなんだもの。黙っていれば分からない……一度だけ、ね」

長吉は、それでお常を抱いた。

戸惑いがあったはずなのに、体に触れると抗《あらが》いきれない激しいものに翻弄されて、長吉は自分を失ったような錯覚の中にいた。

この夜の衝撃は、これっきりだと互いに約束していたにもかかわらず、若い体はその味を忘れることはなかった。結局その後も逢わないどころか、人目を忍んでは逢い、枯れ草に火を放ったように燃え上がった。

おまつを裏切っているという罪悪感に耐えられなくなった長吉は、

「すまねえ、おまつ。俺はお前と江戸で暮らそうと考えている。そのためには俺が先に江戸に上って住家を用意して、仕事も見つけて……なあに半年も待ってくれればいいんだ。必ず呼び寄せるようにするから、それまで待ってもらえねえか」

苦し紛《まぎ》れに、そんなことを言い出した。

おまつが納得するはずもない。泣き崩れるおまつを置いて、むりやり国を出たのである。

むろん、自分一人で国を出るつもりだった。お常のことをあえて言わなかったのも本音を言ったことに間違いなかったからである。

ところが、町外れでお常が旅支度をして待っていたのだ。

――これでもう、二度と故郷には帰れねえな。

長吉は万感の思いで、故郷の雪融けの道を、江戸に向かったのであった。

あの時、おまつに逢いに忍んでいった庭で見た、垂り雪の中から顔を出した紅椿を長吉は忘れたことはない。

そんな思いまでして出てきた長吉だったのだ。

ところがようやく店を持つ目鼻がついたこの時期に、お常は別れたいと言う。

――俺は悪い夢でも見ているのか。

長吉は頭を抱えた。

――そうか、おまつを裏切った罰だ。天罰だ。

そう考えれば納得がいく。

罰があたっても仕方のない生き方をしてきた長吉だった。

お常といっとき不仲になって騒動になることぐらい、辛抱をしなければなるまいと思っているその目の前に、会うには辛いあのおまつが突然現れたのである。

それも、三味線弾きとして――。

おまつの身の上にも、きっと苦しいことがあったに違いないのだ。

世間知らずのおまつが、三味線を弾いて渡世を送っているなどと、どうして想像できただろうか。

――おまつ、すまねえ……。

おまつの姿を思い出すたびに、おまつの三味線の音が心の中に蘇るたびに、長吉は慙愧《ざんき》の念に堪《た》えないのであった。

今更だが、お常に激しい言葉を浴びせられるたびに、おまつと一緒になっていたら、どんな人生だったろうと考えることもある長吉だった。

――今更、どうしようもねえ。すべて俺が悪いのだ。

長吉は、また徳利で、ぐびりとやった。

ごくりと飲み込んだ時、戸の開く音を聞いて顔を向けると、お常がつかつかと入ってきた。

無言で行灯の横に立つと、長吉を見下ろして憎々しげに言ったのである。

「まったく、飲んだくれてさ。悪いけど、あたしの取り分のお金くれる?」

「金?」

長吉は何を言い出したのかと、びっくり目でお常を見た。

「二人でこの五年頑張って貯めたでしょ。あのお金は、あたしの分も半分はあるんだからね」

「お常、おまえ、どうかしちまったのか。金は、店を持つためのものじゃないのか。そうだろう?……持ち出してどうするんだ」

「あたしの分はあたしのもの、どんな使い方したっていいじゃない。あんたに文句言われる筋合いはないね。それに、聞いてくれたと思うけど、あたし、あんたと別れるから」

「お常!」

さすがの長吉も一喝《いっかつ》した。

「俺は別れねえぞ。考えてみろ。どんな思いで国を出てきている?……これで別れたら笑い者だ」

「国に帰らなきゃ、何やったって分かりゃしないんだから……嫌になったんだよ、あんたのこと」

「お常」

「はっきり言ってやろうか……もう、あんたの、その下帯を見るだけで虫酸《むしず》が走るんだよ」

長吉の顔色が変わった。徳利を摑んだ手がぶるぶると震えている。

「何よ」

さすがのお常も、長吉の顔色の変化に後退《あとじさ》りする。しかし後退りながらでも、お常は強気の表情で長吉を見返した。

「やっぱり、男がいるんだな……お常」

「……」

「はっきりしろ」

長吉は、一方の手でお常の胸倉を摑み、もう一方の手で徳利を振りかざした。

「離しなさいよ。だからあんたなんて嫌だっていうのよ。ああ、いますよ。男がいます。あんたとは月とすっぽん、これで気がすんだろ」

「この売女《ばいた》！」

長吉は徳利でお常を殴った。加減して殴ったためコーンという間延びした音がした。

「ひ、人殺し」

お常は、転げるように外に出た。

「待ちやがれ」

お常を追っかけて外に出てきた長吉は、木戸口まで走って追っかけて、そこで立ち竦んだ。

「お、おまつ……」

三味線を抱えたおまつが立っていた。

「長吉さん……」

見詰めるおまつの双眸には、懐かしい人に会った喜びと、意外な成りゆきを目の当たりにした驚きと落胆が走り抜け、瞬《また》く間に失意の淵に立たされたように哀しみに震えていた。

橋屋は、緊張に包まれていた。

お常が柳原土手で死体で発見されたと、小松屋から連絡を受けたからだった。

「十四郎様をお待ちしていたのです」

お登勢は、玄関の上がり框で十四郎を待ち受けていた。

「いつのことだ、お常の死体が見つかったのは」

「今朝のようです。野良犬が吠えているのを通りがかった人が見つけたようです。小松屋の女将さんは、お常さんが離縁を決意して家には帰りたくないと言って住み込んでいた事情もあるからって、まずこちらに連絡してきたのです」

「遺体は小松屋か」

「いいえ、番屋です」

「分かった」

踵《きびす》を返すと、

「私も参ります」

藤七が従った。藤七は亭主の長吉に事の次第を話して、葬儀をどうするのか相談するつもりだと言った。

「亭主の方は別れたくなかったんですから、葬儀は自分の手でやりたいでしょうからね……」

それにしてもお常さんは道を誤りましたね。私はそう思います、と藤七は言い、十四郎とは柳橋を渡ったところで別れた。

藤七はそこからまっすぐ福井町の長屋に向かい、十四郎は平右衛門町《へいえもんちょう》の番屋に向かった。

お常は、番屋の土間に薦《こも》を被せられて寝かされていた。

北町奉行所臨時廻《りんじまわ》りの同心海川魚之助《うみかわうおのすけ》と名乗る男と、その手下で岡っ引の蟹蔵《かにぞう》という男が十四郎を待っていて、お常の体には無数の殴った痕があると言い、薦を捲《めく》った。

なるほど、紫色に染まった傷痕は、顔や腕ばかりでなく、腹や背中にまで達していた。

「下手人は凶暴な奴ですね。拳だけでは足りずに蹴ったんでしょう。腹や背中の傷痕がなによりの証拠です」

魚之助は同心然として言った。

見れば暸然としている状況をもっともらしく告げる魚之助は、与力の松波孫一郎《まごいちろう》から、お常の事件は橘屋の塙十四郎や慶光寺の近藤金五に協力する形で探索するように言われているのだと言った。

同心が魚之助で、その手下が蟹蔵とは、二人を並べた名は興味深く、一度聞いたら忘れられない組み合わせだと、十四郎は苦笑した。

するとすぐに、

「私たちの名のことでしょう。いや、皆に笑われるのですが、腕は確かですから ご安心を……松波様もそれを買って下さっているからこそ、こうしてそちらとの連携をとるようにと申しつけられたのです」

魚之助は胸を張った。

一見したところ、十四郎には二人の探索の腕には疑問があったが、己の手柄に固執せず、こちらに協力してくれるという意味では、打ってつけではないかと思った。

「で、我らが今朝から調べたことをまず伝えておきますと、お常は昨夜、小松屋の女将に離縁のことで急用があると言って出かけています。女将は橘屋に呼び出されたのかと思っていたというのですが……」

「いや、そんなことはないはずだ」

十四郎は即座に否定し、お常の遺体を仔細《しさい》に見た。入念に見ていく十四郎の背に、魚之助の話が続いた。

「いや。そうだろうと思っていました。するとお常は、小松屋の女将にも言えない何者かと会っていたということですかね」

「まっ、いずれ判明するでしょうが……」

答えながら、ふと持ち上げた右手に、十四郎は目を留めた。

十四郎は硬直したお常の右手の指を、一本一本拡げるようにして、爪の先に見入っていた。

「何か……」

魚之助と蟹蔵が、十四郎の傍にしゃがみこんで、お常の右手を注視した。

「この爪には、引っ掻いた時の人の皮膚が詰まっている」

「まことですか」

覗いた魚之助は、

「やっ、これは……先程は気づきませんでしたが、さすがさすが」

臆面もなく頭を掻いた。

その時だった。

「お常……お常！」

番屋の戸が乱暴に開いたと思ったら、長吉が飛び込んできた。

「長吉……」

立ち上がって長吉にその場を譲った十四郎は、苦悶《くもん》の表情でお常の顔を見詰める長吉の表情を追った。

「哀れな奴です。夢に見ていた幸せな生活を諦めて離縁なんぞに走ろうとしたのはあっしのせいです……」

長吉は十四郎に背中を向けたまま言った。

そしてお常に語りかけた。

「お常、帰ろう。おまえは家に帰りたくないと言うだろうが、それじゃあ俺の気持ちが許せねえ。いいだろう、お常」

長吉はそう言うと立ち上がって、

「旦那、番頭さんとも話したのですが、長屋に連れ帰りたいと存じます」

「うむ。それがいい。手厚く葬ってやるんだな」

「へい……」

長吉は神妙に頷いた。

五

十四郎は、橋屋を出ると、浜町堀《はまちょうぼり》に架かる千鳥《ちどり》橋の東袂、橘町《たちばなちょう》の唐和薬《からわやく》問屋『堺屋《さかい》』の裏店に向かった。

その裏店には、三味線弾きのおまつが住んでいた。

奥州から江戸に出てきたおまつの住居を探していた時、十四郎の住む長屋の大家八兵衛が、堺屋の裏店を預かる大家を紹介してくれたのであった。

橘屋の藤七やお民が手助けして、おまつは無事住家を得たわけだが、実は十四郎はまだ一度も行ったことはなかった。

一度訪ねて様子を見てやらねばと考えていたものの、多忙でその機会を失していた。

だがこのたびは、早急に、どうしてもおまつに会って、確かめねばならぬことが起きたのだった。

それは、昨日お常の葬式をすませた長吉が、長屋の誰にも行き先も告げずに姿を消したからだった。

その報告に来たのは岡っ引の蟹蔵だった。

蟹蔵の話によれば、その後の調べをするために長吉の長屋に出向いたところ、部屋の中には白木の位牌が見えるばかりで、長吉はいなかったというのである。

土間には商売用の振り売りの油の桶が置いてあることから、商いに出たのでないのは確かだった。

すぐに蟹蔵が長屋の者たちに長吉について尋ねてみると、お常は殺される晩に、実は長吉に会いに家に帰ってきていたと聞いたのである。

「二人が争う声を、長屋の幾人もの人間が聞いていました」

蟹蔵は眉間に皺を寄せて十四郎とお登勢に告げた。

「ふむ」

長吉は、そのことを十四郎や藤七にも話してはいなかった。

だから十四郎にしても、そんな話は初耳だった。

蟹蔵の話によれば、長屋の長吉の家の両隣の家の者は、争う話の中身も聞いていたらしい。

お常が長吉に金を出せと言い、口汚く罵《ののし》っていたことも……しかも男ができたとお常が言ったものだから、逆上した長吉がお常を殴っていたことも……そして、お常が悲鳴を上げて外に走り出て、その後を長吉が追っかけて出ていったことも、長屋の連中は知っていたのである。

ただ、長屋の者たちは長吉に同情的で、性格もよく知っていたことから、お常殺しには関係ないだろうと、それぞれが自分に言い聞かせて町方の調べにはそのことを話していなかったことも判明した。

長吉が姿を隠したことで、お常殺しの長吉への疑いは濃くなったと蟹蔵は言った。

ただ、木戸近くの長屋の者が、長吉は木戸のところで、お常を追っかけるのを諦めたはずだと証言したのである。

その者の言うのには、長吉は木戸のところで、三味線を持った女に出くわして、それでお常を追うのを止めたというのであった。

——おまつだ。

十四郎は思った。

「ですから塙様、海川の旦那は、その三味線弾きを捜しているんでさ。三味線弾きの女に聞けば、その後の長吉のことが分かる。長吉が黒か白か、三味線弾きの女が知っているんじゃねえかってね。そういう訳ですから、あっしもこれからその三味線弾きを捜しにめえりやす。とりあえず報告を……」

　蟹蔵は、あたふたと橘屋を去ったのである。

　十四郎も、それですぐに橘屋を出てきたのであった。

　そういえば、長吉と会った縄暖簾に、おまつが三味線を弾きながら現れた時、あの時から二人の間にはただならぬものがあったに違いないと感じていた十四郎である。

　もっと早くに聞いておくべきだったと今は思っている。

　──おまつが在宅していればいいのだが。

　一抹《いちまつ》の不安が過ったが、はたして千鳥橋の袂に到着すると、どこからともなく、三味線の音が聞こえてきた。

　──おまつだ。

　と思った。おまつの三味線には独特の音色があった。人の心を胸の底から揺さぶるような、心のどこかにある切ないものが、突然胸一杯に広がるような、そして聞くにつれ、人の心の奥には優しいものがある、自分にもあるというのを気づかせてくれるような、そんな三味線の音色である。

　十四郎は、三味線の音に導かれるように、大通りから路地に入って、裏店の一軒の前に立った。

「おまつ……」

戸口で呼び掛けると、三味線の音がぴたりと止んだ。

「入るぞ」

断りを入れて中に入ると、三味線を抱えたままのおまつの白い顔が浮いているように見えた。おまつの瞳は濡れていた。

「おまつ、ひとつ聞きたいことがあるのだが」

十四郎は上がり框に腰を掛けると、首をひねって神妙に座っているおまつの顔を見た。

おまつは、慌てて俯いた。

「他でもない。あんたが探している人というのは、油売りの長吉ではないのか」

「……」

「俺はまさかとは思っていたのだが、昨夜、あんたに似た人が、福井町の長吉の長屋を訪ねていったらしいと聞いた。あんただな」

「……」

「どうでも答えてもらわねばならぬ。あんたの返事次第で、長吉が人殺しかそうでないのかの判断が下される」

「長吉さんが」

おまつは驚いた顔を上げた。

「長吉の女房のお常が昨夜、何者かによって殺された」

おまつは、息が止まりそうな顔をした。

「殴り殺されたのだ。今朝死体で見つかったのだ。江戸に来たばかりのあんたが知っているかどうか分からんが、場所は柳原土手だ」

「……」

「お常は昨夜、長吉と激しい喧嘩をして、家を飛び出した。その後を長吉が追っかけたと聞いている」

「いえ、それは違います。長吉さんが追っかけたのは、長屋の木戸までです」

「そうか、やっぱりあんただったのだな。長吉が木戸で会ったというのは」

「……」

「捜していたのは長吉だったのか」

おまつは、こくりと頷いて、

「許嫁だったんです」

「何……」

「祝言を前にして、突然江戸に行くのだと言い出して、一足先に江戸に行って、住むところも仕事も見つけて、それからおまえを呼ぶのだと……私、その言葉を真に受けて、待っていたんです」

「……」

「まさか長吉さんがお常さんと、この江戸で暮らしていたなんて知りませんでした」

「お常も知り合いだったのか」

「ええ、同じ町に住み、しかも長吉さんの友達の許嫁だった人です」

「何……」

「私、裏切られていたんです、ずっと前から……」

おまつの胸に、哀しみがまた満ちてきたようだった。

「辛いことを聞いたな。許せ」

「いいえ、私が馬鹿だったんです。長吉さんが国を出た頃、お常さんもいなくなったんですが、まさか二人が通じていたなんて、私、これっぽっちも考えなかったんです」

十四郎は、なんと言葉を掛けてやってよいか分からなかった。ただ、おまつの姿が痛々しくて、じっと黙って見守るような目で見詰めてやることしか、考えが浮かばなかった。

「私の方にも、長吉さんの家にも便りは一度もなくて、長吉さんのご両親は、祝言の約束はなかったことにしてほしい、そして長吉よりもっといい人と一緒になってほしいと断りを入れに参りました。私は便りのないのは、元気な証拠。何かの事情があるのに違いない、破談にするのは待ってほしいと母に頼んだのですが……」

おまつは言葉を切った。

障子に映る初春の日の弱々しい光へ顔を向けて話を聞いていた十四郎が、おまつの顔に視線を戻すと、おまつは唇を噛んで震えていたが、きっとして顔を上げると、

「母に言われました。切れた弦の糸はもとには戻らないって……母には分かっていたのかもしれません」

「……」

「でも、私は心の中で念じていました。弦の糸は切れても心の糸は切れるはずがな

い。目に見えない心の糸は、切れたと思っても切れることはないのだって……」

「それでずっと待ち続けていたんだな」

「はい。でも、半年前に母が亡くなりまして、それで思い切って江戸に参ったのです」

「あの長吉がな……罪な男だ」

「ええ、でも長吉さんは正直に話してくれました、なぜこのようになったのか……」

十四郎はおまつから、長吉から告白された今までの経緯《いきさつ》を告げられた。

「そうか、では木戸で会ったそのあとに、あんたは長吉から話を聞いたのか」

「ええ……」

失意と混乱と怒りで、おまつは木戸を飛び出したが、すぐに長吉が追っかけてきて、茅町の豆腐ばかりを食べさせる店に入り、そこですべてを打ち明けられたのだと、おまつは言った。

「店の名は、覚えているか」

「『百珍《ひゃくちん》』とかいうお店でした。ですから、私は長吉さんがお常さんを殺したなんてとても信じられません。第一、長吉さんは人殺しなんてできる人じゃないんです」

「おまつ……」

この期《ご》に及んでも尚、長吉を庇ってやるおまつの心根が哀れだった。

「辛くなったら、橘屋に来れば気も紛れるぞ」

おまつにとっては慰めにもならぬ言葉を掛けて、十四郎は腰を上げた。

「なんとか自分でやります。これでひとつの踏ん切りがつきました。まだ国は、雪の中ですが、春になったら帰ろうかと思っています。私にはこれがありますから……」

おまつは、横手に置いてあった三味線をちらりと見て言った。

十四郎が路地に出て、長屋の木戸に向かって歩き始めたとき、おまつの三味線が聞こえてきた。

ゆるやかな音色だった。

だが、十四郎が立ち止まっておまつの家の戸口を振り返り、再び足を踏み出した時、三味線は激しく撥を打ちつけて弾く慟哭《どうこく》の音色になっていた。

おまつの三味線の音が、まだ十四郎の心に残っているその晩のうちに、十四郎は寒々とした月の道を踏み、藤七と二人で伊之助の長屋に向かっていた。

おまつの話をお登勢に報告して、橘屋で夕食をとっているところに、小松屋の女中が藤七を訪ねてやってきて、新しい事実が判明したからだった。

女中は以前、藤七がお常のことについて話を聞いたことのあるあの女だった。

名をおきぬと名乗ったその女中は、思案に暮れた末に、恐ろしくなって藤七に話をする決心をしたのだと言った。

おきぬの話によれば、お常が亭主のもとに用事ができたと言い、店を休んで帰った晩に、伊之助がやってきて、お常が店に戻ってきたら、俺のところに必ず来るようにと、おきぬに言伝《ことづて》したのだというのであった。

おきぬは、伊之助から言われた通りに、帰ってきたお常に伝えた。

お常はしかし、すぐに行く気配はないようだった。

困った顔をして、女中部屋で考えているようだったが、四半刻《しはんとき》（三十分）ほど後にまた出かけていったのだという。

その時お常は、どこに行くとも言わなかったが、おきぬは伊之助の所に行ったのではないかと思っていたらしい。

ところが、その晩お常は戻ってこなかったのだと住み込みの同僚に聞いた。

お常は、おそらくまた亭主の長吉のもとに帰って、よりが戻り、店には帰ってこなかったんだろうと考えた。

おきぬには離縁を願って縁切り寺に助けを求めたお常が、まさか伊之助のところで夜を明かすはずがないという思いがあったからだ。

そんなことをした日には、離縁は叶わぬし、お店にだっていられなくなる。お常が店に住み込みで置いてもらっているのは、女将の同情があったからだ。その女将の親切を踏みにじるようなことは、お常にはできないはずだった。

亭主とよりを戻す方が良いに決まっている。

おきぬがほっとしたのも束の間、翌朝お常は柳原土手で、死体となって見つかったのだった。

おきぬはそれを知って、恐ろしくて震えがきた。

殺《や》ったのは、伊之助だと思った。

だがそのことをしゃべったら、あとで伊之助にどんな怖い目に遭わされるかもしれぬ。

おきぬはだんまりを決めた。

誰にもしゃべらずにいたのだが、秘密を持ち続ける自信がなくなった。黙っているよりしゃべった方が気が楽になると思い直して、藤七を訪ねてきたのだと告白したのであった。

「お常さんが最後に会った人は、伊之助さんじゃないかと思います」

おきぬは、きっぱりと言ったのである。

「伊之助という男は、よほどの悪相をしているらしいな」

十四郎は、おきぬの怯える顔を思い浮かべて、横に並んで黙々と歩く藤七に聞いた。

「いえ、私が見たところ、悪相というより冷たい顔の相をしています。顔立ちは整っているのですが、身に染みついた悪のにおいが、体を包んでいる男です。男には奴の危なさが手に取るように分かるのに、女たちにはそうは映らないのでしょう。だから騙される女がいるのです」

藤七の見方は的を射ているに違いない。

——伊之助の奴、まさか逃げたのではあるまいな。

一抹の不安を抱きながら、十四郎が藤七と伊之助の住まいだと聞く豊島町《としまちょう》の長屋の路地に入った時、その家の明かりが見えた。

藤七と見合って、その家の戸口に立った時、隣の家の戸が開いて、中年の女が顔を出して言った。

「伊之さんは、お客と出ていきましたよ」

「いつだ」

「ついさっき、なんだか変な雰囲気だったから、心配していたんです」

「何」

「土手で決着をつけてやるとかなんとか言ってましたよ」

「柳原か」

「多分、他には思い当たらないから」

「藤七……」

十四郎は踵を返して、藤七と柳原土手に走った。

豊島町は、柳原通りに面している町である。

ひとっ走りで土手にはすぐに着いた。

月夜に目を凝らして一帯の土手を眺め、更にその目を河岸に向けた時、激しくぶつかる二つの影を見た。

「あれです」

藤七が叫んだ。

二人は河岸に走って下りた。

二つの影は、長吉と伊之助だった。

互いの手には匕首《あいくち》が、鈍い光を放っていた。

二人ともどこかに傷を負っていると見え、足元がおぼつかない。

「長吉、やめるんだ」

十四郎が叫んだ。

「旦那、お常を殺ったのは、この野郎なんです。この野郎がお常を騙したんです。金を取りに帰ってきたのも、この野郎の指図だったんです。俺はお常に金を渡さなかった。だからこの野郎は、お常に仕置《しおき》をしたんです」

「分かった。あとは町方に任せろ、そうしろ」

十四郎が長吉の方に踏み出した時、

「野郎」

伊之助が長吉に飛び掛かった。

二人はもつれるようにそこに倒れた。

「長吉」

十四郎と藤七が走り寄ったその時、ゆらりと長吉が立ち上がった。

伊之助の影は動かなかった。

藤七がしゃがみこんで、伊之助の脈を診た。

「死んでいます」

藤七が静かに言った。

「長吉、なぜ、こんな乱暴なことをしたのだ。なぜ俺たちに相談しなかった」

「旦那、これでいいんです、これで……。お願いします、あっしを番屋まで連れていって下さいまし」

長吉は神妙に言い、青い顔を十四郎に向けた。

六

隅田川は毎冬、荒々しい風に波立つ時がある。

永代橋の袂にある『三ツ屋《みや》』から望むその日の川面は、例年になく特に荒れ模様だった。

朝から霙《みぞれ》のようなものが舞い上がっていたと思ったら、夕方になって冷たい雨と風になった。

当然橋を渡る人の影はまばらだった。

「これじゃあ、今夜はお客さんは入りませんね」

お登勢は二階の小座敷の窓の障子をぴたりと閉めて、十四郎たちが座っている傍に来て、

「どうぞ、おひとつ」

と、北町与力の松波孫一郎に酒を勧めた。

「いや、私は……」

松波は掌《て》を盃に蓋をするようにのせた。

「お祝いのお酒だと思って、飲んでやって下さいまし」

お登勢の言葉に松波は苦笑して、

「しかし、無罪とはいかなかった」

「いいえ、長吉さんにとっては無罪のようなお裁きでした。しっかりお勤めをして帰ってくるように送り出してあげようではありませんか」

お登勢は、さあっと、もう一度酒を勧めた。

「お登勢の言う通りだ。松波さん」

既にでき上がっている金五が言った。

「いや、ああいう裁きができたのは、塙さんがお常の爪の中にあった証拠を摑んでいたからでござるよ」

松波は、十四郎を見て苦笑した。

一同は、番屋に送られた長吉のその後の決着を話しているのだった。

伊之助を刺し殺した長吉は、十四郎と藤七に付き添われて、番屋に出頭したが、伊之助の遺体の首に爪で引っ掻かれた傷痕がくっきりと残っていて、お常殺しは伊之助だったと証明されたのだった。

翌日、長吉は同心の海川魚之助と岡っ引の蟹蔵の手によって小伝馬町《こてんまちよう》の牢屋に移され、吟味が始まったが、その吟味を担当したのが松波だった。

松波は吟味の中で、二人の殺し合いは、そもそもが伊之助がお常を誘惑し、長吉とお常が貯めた金を持ってこさせようとしたが、お常が金も持たずに伊之助を訪ねたことから、伊之助がお常に殴る蹴るの乱暴をして殺したことに起因するとして、長吉を石川島《いしかわじま》の人足寄場《にんそくよせば》送りにしたのであった。

死罪も覚悟していた長吉は、松波の前で感涙にむせんだのだという。

「人足寄場なら、そのうち自由の身になって出直せる。寄場で仕事をすれば僅かでも賃金を貰えるし、それを貯めて納めれば、早期の解き放ちもあると聞いている。いや、松波さんのお陰だ」

金五は顔を赤くして言った。

「松波様、まもなく、おまつさんの三味線も始まります」

お登勢の勧めに、松波もようやく盃を持った。

十四郎も感慨無量の思いがあった。

十四郎は駆けつけるのが遅れ、長吉に人殺しをさせたことを、奉行所の裁定が下るまで悔やんでいた。

——人足寄場ならば、この上のことはない。

しみじみと盃を傾ける。

「お登勢様、まもなく始まります」

店の女が廊下に手をついて告げた。

「では……」

お登勢は、十四郎たちを階下に誘った。

三ツ屋はお登勢が、寺で修行して出てきた女たちの働き口としてつくった店で、昼間は水茶屋、夜は船宿、小料理屋として営業していた。

船も出すようになり、多様な経営は客を呼び、今では深川の有名な店として評判のよい店として番付にも載るほどの盛況だった。

ただ今日は、普段の三ツ屋とは、少し様子が違っていた。

店の一階は、普段は腰掛けるようになっているのだが、今日は床に板を敷いて、奥に小さな舞台をつくっていた。

津軽三味線をお客に堪能してもらおうという趣向だった。

集まっている客も、得意先となっている大店《おおだな》の主や女房たちで、みな三ツ屋特製の折弁当を食しながら、おまつの登場を待っているのである。

お登勢は、十四郎たちを、帳場になっている箇所に設けた座にいざなった。

まもなく、おまつが静かに出てきて、奥の舞台に着座した。

水を打ったようになった階下に、おまつの哀しく激しい三味線の音が響く。

その時だった。

静かに、入り口の戸が開いた。

藤七の案内で、海川魚之助と蟹蔵に連れられた長吉が現れた。

十四郎は、思わず声を出しそうになった。

お登勢が頷いてみせる。

——そうか、お登勢と松波さんとで仕組んだのか。

十四郎は、二人の配慮に舌を巻いた。

「おい……」

金五もびっくりしたようだったが、お登勢の目に制せられて、

「まいったな」

十四郎に苦笑してみせた。

長吉に縄は掛けられていなかった。

目を瞠《みは》り、食い入るようにして三味線に聞き入る長吉は、微動だにしない。やがてその目が潤み、涙が頰に零れ落ちていく。

十四郎は、おまつを見た。

おまつの目も長吉を捉えていた。

長吉を捉えたまま、おまつは三味線を弾く。

弦は切れても心の糸は切れぬと言ったおまつの言葉が、十四郎の脳裏を過った。

第三話　東風《こち》よ吹け

一

「死人が出たって……殺しらしいぜ」

十四郎は傍を駆け抜ける町人の、ただならぬ言葉を聞いた。

——殺し？

町人たちが駆けていった前方の切通《きりどおし》の崖の下に、人だかりがあるのを見た。

崖の上は湯島《ゆしま》の天神様の境内である。

「退《ど》け、見せ物じゃあねえ」

岡っ引の手下、下っ引が十手を振って、集まってきた野次馬たちを追い払っていた。しかし、その者たちを追い払っても、次に通りかかった者たちが垣根を作るといった具合で、いっこうに十手の効き目はないように思われた。

十四郎は、人垣の後ろから覗いた。

岡っ引が一人、ぴくりとも動かない町人の男の死体を入念に調べていた。

その岡っ引の顔を見て、十四郎はびっくりした。

死人の顔も相当の悪相のようだったが、それを調べている岡っ引も、そこらの町で肩で風を切るやくざな男たちよりもずっと強面《こわもて》の男だったからである。

岡っ引はまだ四十には少し間がある年頃かと見受けられたが、若い時には裏の渡世で、いい顔役をしていたろうと思われる雰囲気を持っていた。

赤銅《しやくどう》色の肌と鋭い目と、鷲《わし》のような口元にくっきりとそれと分かる刀傷の痕が、岡っ引の持つ悪相をつくりあげていた。

江戸の岡っ引には、毒をもって毒を制すのたとえ通り、この手の者たちが多い。

傍に同心がいるにはいたが、気弱そうな若い同心で、なにもかも岡っ引のその男に任せているといった様子だった。

若い同心は死体を調べる様子は見せてはいるのだが、まだまだ同心としての性根《しようね》が入っているとも思えぬ勤めぶりだった。

――見慣れぬ同心と岡っ引だな。

と思ったが、すぐ後で、

――そうか、見習い同心か。

と納得した。

腕利きの岡っ引に、現場を踏む術《すべ》を習っているのか、見ていると小者《こもの》たちへの指図は岡っ引が全部やっている。

まもなく岡っ引は、下っ引や小者たちに死体を番屋に運ぶよう言いつけた。

すると、戸板を持った小者たちが走ってきて、急いで死体を戸板に乗せた。

その時、
ちりり……。

動かした死体のどこからか、何かが小さな音を立てて落ちた。

岡っ引が、それを拾って摘《つま》み上げた。

摘んでいるのは真っ赤な細い紐で、その先には小さな鈴がついていた。

鈴は黄色だった。

――あの鈴……。

どこかで見たような鈴だと、十四郎の胸は微かに騒いだ。

岡っ引は、その鈴をちりりちりりと二度ばかり振った。澄んだ音がした。思いがけない手掛かりを摑んだといった光が岡っ引の顔に宿った。岡っ引は鈴をぎゅっと握り締めると、背後にそびえる崖の上を見上げた。

崖の上には料理茶屋が何軒かある。その屋根の並びは、崖の下からも見えていた。

「旦那……」

岡っ引は、若い同心に鈴を見せ、そして崖の上の料理茶屋を指して、何か話をしているようだった。

死体が運ばれていくと、人垣はいつの間にか散り散りになり、辺りはいつもの往来の風景になっていた。

十四郎は人の垣根の解けるのを待ち、静かに岡っ引に近づいた。

「親分、今運ばれていった死体だが、どこの誰だね」

戸板が去った方向を顎で指した。

「失礼ですが、旦那はどちらさんでござんすか」

岡っ引は疑いの目で、十四郎に寄ってきた。どすのきいた声だった。

「俺は深川の慶光寺の御用宿橘屋の者で塙十四郎という」

「ああ、縁切りの……よく存じておりやす。北町とは特に懇意だと聞いておりやすが……で、旦那は先ほどの死人に覚えがあるのですかい」

「いや、その鈴が気になったのだ」

「鈴が……」

岡っ引はにやりと笑うと、掌を広げて鈴を見せ、

「先ほどの野郎は、この崖の上にある茶屋の傍の広場から転落したらしいのですが、どうやら突き落とされたようなんでさ」

鋭い目で、崖の上を見上げて言った。

並んでみると背の低い男だった。

「ふむ……」

十四郎も、鈴を見ていた顔を崖の上に向けた。

「なるほど、あそこから落ちれば、ひとたまりもあるまい」

「ゆんべ遅く、あそこで争う男と女の声を聞いた者が何人もおりやした。女はけっこう年配のような声だったというのですが、相手の男というのは、さっきの死人に違いありやせん」

「すると何か、先ほどの男を突き落としたのは、年配の女だというのか」

「へい。これは殺しですぜ、旦那」

「……」

「とはいえ、殺された野郎は、この辺りじゃあダニのような男でしたから、こっちは、この世から消えてほしい人間が一人減ってほっとしているところですが、殺しは殺しですから放っておくわけにはめえりやせん」

「殺された男の名は」

「弥蔵《やぞう》というならず者でさ。けちな野郎でしたがね。ところで旦那、この鈴に見覚えがあるようですが」

岡っ引は掌の中の鈴を十四郎の目の前で振ってみせた。その目が些細《ささい》な反応でも見逃さない鋭さで十四郎に注がれている。

「ふむ……見たことがあると思ったが、違うようだな」

十四郎は否定した。

覚えはあったが、ことが殺しに関係あると目《もく》されては、軽々しく返事はできなかった。

「そうですかい。あっしには随分とこの鈴を気になさっているように見えましたがね。旦那、ご存じならご存じだと言っていただかねえと」

岡っ引は遠慮のない言葉を投げてきた。

「以三《いぞう》、失礼だぞ」

傍で見ていた若い同心が近づいてきた。

「すみません。私はまだ見習い中ですが、南の木村乙一郎《きむらおといちろう》といいます。橘屋のお役目は、われらもよく存じております。ただ、この以三は仕事熱心なのが玉に瑕《きず》で、気を悪くなさらないで下さい」

乙一郎は、礼儀正しく頭を下げた。

「以三というのか、おまえは」

十四郎は、苦い顔をして立っている岡っ引に聞いた。

「へい。まっ、旦那がご存じないのなら、それはそれで仕方ありやせん……ですが旦那、あっしはこの鈴は下手人の持ち物だったのではないかと考えているものですから。まあ、これはあっしの直感ですがね。このマムシの以三が狙った獲物は外したことはございやせんので」

「ほう、マムシの以三というのか。随分と恐ろしげな名だな」

「へい。あっしの口から言うのもなんでございますが、南じゃあ、ちったあ知れた岡っ引の一人でござんす。今後何かございましたら、ご遠慮なく……」

如才《じょさい》のない物言いをすると、不敵な笑いを残して、以三は手下の下っ引を連れ、崖の上の料理茶屋に向かっていった。

若い同心乙一郎は、十四郎に失礼を詫びるような顔をして頭を下げると、すぐにマムシの以三の後を追った。

「塙さん、少し事件の様子が分かってきましたので……」

北町奉行所与力松波孫一郎は、三ツ屋の二階の小座敷に入ってくると、ゆったりと座った。

八丁堀《はっちょうぼり》の役宅からまっすぐやってきたらしく、着流しだったが、その肩が雨に濡れていた。

「いや、今日は寒い」

松波はそう言うと、袂から手巾《しゅきん》を出して、肩を拭いた。

「雨はひどいですか」

金五が盃を傾けながら聞く。金五は今夜は諏訪町で道場をやっている妻の千草のところに行く予定だった。

「霙《みぞれ》のような雨ですから、寒いですよ、今日は」

お登勢が女中に酒を運ばせて入ってきて言った。

「松波様、突然に妙な調べをお願い致しまして申し訳ありません。体を暖めてお帰り下さいませ」

お登勢は松波の前に肴の膳を滑らせると、盃に酒を注いだ。

「で、いかがでしたでしょうか、あの鈴のことですが」

お登勢は十四郎から鈴の話を聞くと、その鈴の調べを松波孫一郎に依頼していたのだった。

「それだが。あれは、今から八年も前に、鎌倉《かまくら》街道にある山口《やまぐち》観音が特別に作った鈴で、八十八日間に限り、参拝した幸運な老若男女に売ったという鈴だった」

「観音様の記念の品なのですね」

「そうらしい。あの鈴は、観音堂に納められている神馬《しんめ》の首についている鈴を模したものらしい」

「特別の御利益《ごりやく》がござるのですな」

金五が、興味深そうに聞いた。

「その神馬というのは剝製の白馬なのだが、その昔、新田義貞《にったよしさだ》が鎌倉攻めで戦勝した時に乗っていた愛馬であったというのです。その愛馬がつけていた鈴だというので、縁起を担いだ参拝客に喜ばれたそうです。ただ、八十八日間のことですから、土地の者はともかく、どれほどの人たちが手に入れたのかどうか……」

松波はそう言うと、十四郎の顔を見た。

十四郎に、気掛かりはそれで解けたかどうか、聞いている顔だった。

さて、と十四郎もお登勢を見る。

十四郎が気にしているあの鈴は、つい先月のこと、お妙《たえ》という蕎麦処『信州屋《しんしゅうや》』の女中が離縁をしたいと言って橘屋にやってきたが、その時お妙の付き添いとしてやってきた五十半ばの老女で、お春《はる》という者が前帯にぶら下げていた鈴によく似ていたのだ。

信州屋は浅草《あさくさ》の東仲町《ひがしなかちょう》に暖簾を出している人気のある店である。

お春が亡くなった亭主と苦労をして開いた店だが、今は隠居して、店は昔から働いていた蕎麦職人に任せている。

だが、駆け込みの当人であるお妙は信州屋で働いていて娘同然だからといい、お妙の親代わりとして付き添って橘屋にやってきたのであった。

お妙の亭主は辰平《たつへい》という男だが、田原町《たわらまち》の裏店から同じ町内の数珠《じゅず》師の親方のところに通って腕を磨いている職人だった。

ところが、門前町に女ができたといい、それでお妙は離縁を決意したのだが、亭主の辰平が平謝りに謝って、お登勢や十四郎やお春の前で、二度と女に会わないと約束し、結局元の鞘に収まったのだった。

その間、お春はお妙と何度か橋屋にやってきたが、いつも前帯の鈴を、ちりちりり鳴らして、きりりとして座ったものだった。

鈴は黄色で紐は赤、財布の端っこにつけていて、財布の部分を前帯に押し込めば鈴だけが外で揺れるという按配で、その小さな鈴ひとつで蕎麦屋の女隠居であるお春という女が、なにかしら華やいで見えてくるのだから不思議だった。

動くたびに、ちりり、ちりりと鳴るものだから、印象に残っていた。

神社や仏閣でお守りの鈴を売っているところは結構あるが、黄色い鈴はまず見かけない。何かで着色しているのは確かだが、赤い紐に黄色の鈴は、結構目立っていた。

松波が言うような鈴ならば、そこかしこにある鈴ではない。

お春が持っていた鈴と、同じものだと考えた方がよさそうだった。

十四郎は、心配そうな顔を向けてきた松波に頷いてみせた。

松波にはお登勢から、鈴にかかわるお春の話は既に届いているはずだ。

だからこそ松波も案じているわけだが、

「松波さん。あの転落事故の現場に落ちていた鈴が、お春のものだとは思いたくもないが、一度俺の目で確かめてみます」

「それがよいでしょう。まあ、杞憂《きゆう》にすぎないと思いますよ。転落して死んだ弥蔵という者は、中間《ちゅうげん》くずれで、強請《ゆすり》たかりをやっていた男です。そのお春とかいう女が、かかわるような人間じゃありませんからね。ただ、はっきりさせておいた方が安心というものです」

「松波殿の言う通りだな、十四郎」

金五も傍から相槌を打つ。

松波は、更に皆を見渡すようにして説明した。

「とにかく、あの岡っ引の以三というのは、あだ名がマムシと呼ばれているだけあって執念深い男です。どんなことをしても捕まえるという評判の男ですよ。一度睨んだら、喉元に飲み込むまで追っかけるという……。そんな男に目をつけられたらたまりません。借金取りのようにしつこく追っかけるんですから」

「ふむ」

十四郎は、あの崖下で会った悪相の以三の顔を思い出していた。

松波は話を続けた。

「以三の調べでは、これは同心の木村乙一郎を通じて聞いたのですが、崖の上での争いの声を聞いた者がいて、その者の言うのには、女の方が『この人でなしが』などと叫び、一方の男の方が、これは死んだ弥蔵のことですが『おまえのお陰で、俺はひどい目に遭った、借りを返してやる』などと叫んでいたようです。近隣の者たちは、よっぱらいの争いはよくあることですから、うっちゃっていたというのですが、一方が女の声だったものだから、好奇心もあって、よく覚えていると言ったそうです」

「すると、二人は昔からの因縁があったということでしょうか」

お登勢が聞いた。

「そのようです」

「しかし、まさかあの婆さんの力では、そんな町のならず者に太刀打ちはできまい。案じてやるのは結構なことだが、駆け込みの付き添い人でやってきた者にそこまで気配りしていたのでは、身がもたんぞ」

金五は笑って、十四郎とお登勢に、あきれ顔をしてみせた。

二

金五はああ言ったが、やはり確かめずにはおけない十四郎とお登勢は、翌日、浅草の信州屋に向かった。

十四郎は一人で行くつもりだったが、信州屋の蕎麦が食べたいなどと言い、お登勢もついてきた。

忙しいお登勢が蕎麦一杯で、浅草まで出向くはずがない。

事件などにかかわりはないと信じながらも、勝ち気なお春のことを考えれば一抹の不安が、十四郎にもあったし、お登勢にもあったに違いない。

——鈴を持っているか否か、それを確かめればすっきりする。

それだけのことだった。

はたして信州屋を訪ねてみると、店はまだ昼前で客を迎える準備で忙しそうだったが、女中のお妙も元気な顔を出したし、店を任されている作造《さくぞう》・お才《さい》夫婦も、二人を笑顔で迎え入れてくれ、せっかく来てくれたのだから、蕎麦を食べて帰ってくれと勧めてくれた。

「蕎麦はあとでいただく。お春さんに会いに来たのだ、話があってな」

十四郎がそう言うと、

「あら、ご隠居さんは今ね、手習い所ですよ」

とお才は言う。

この夫婦に三歳になる男の子がいたことは、以前お春を送ってこの店にやってきた時から知っていたから、

「孫のお守《も》りをしながら、手習いの師匠をしているとでもいうのか」

笑って聞くと、

「いいえ、ご隠居さんが教わりに行っているんです」

と言う。

「まあ……」

お登勢は、両手を胸の前で合わせるようにして声を上げた。

「今更文字を覚えるなんて、そんな大変な思いをしなくても、余生を楽しむ手段はいくらもあるのに、ご隠居は、やっと学ぶことができるようになった、それが嬉しいなんて子供のように喜んで……」

作造がしみじみと言った。

お春は若い頃から夫唱婦随で、二八《にはち》蕎麦の屋台を出して頑張ってきた人である。信州屋という大きな店を持つようになったのも五年程前のことで、店を持ってしばらくすると亭主が長年の過労がたたって死んでしまって、先年作造夫婦に店を譲るまで、働き詰めで働いてきた人である。

一生をかけて大きくしてきた店を、ぽんと作造夫婦に渡し、自分は店の奥の庭の片側に隠居所を建て、作造夫婦に迷惑をかけたくないなどと潔いことを言い、母屋で一緒に暮らそうという夫婦の願いを断ったのである。

「本当の親子のようにして暮らしたいのに、私たちはどうすれば、この頂いた深いご恩に応えられるのかと、本当に申し訳なく思っているんです。本来ならば、息子さんが継いだはずのこのお店を、私たちがただ同然で譲っていただいたのですから」

おオが言った。

「あら、息子さんがいらしたのですか。そんな話は初めて聞きました」

お登勢はびっくりした顔で聞いた。十四郎だって初耳だった。

「お二人いたんです。一人は数年前まで私たちと一緒に蕎麦を打っていました。でも、旦那様が亡くなってすぐに、その息子さんも……」

「亡くなったのですか」

「はい」

「では、もう一人の息子さんはどうしているのです?」

「その方は、ずっと前に、屋台を出している頃に、養子にやったのだと言ってました。詳しいことは聞いていません。お聞きするのも哀しい話ですからね」

「そうですか。お春さんも苦労をされたのですね」

「ええ。ですから私たち夫婦は、ご隠居さんに好きなことを好きなだけしてもらおうって……ねえ、あんた」

おオは亭主の作造に同意を求めた。

作造は頷くと、

「もうそろそろ昼ですからね、帰ってきますよ」

二人に腰掛けるよう勧めた。だがお登勢は、それを断って、

「行ってみましょうよ、十四郎様」

弾んだ声でいい、

「どちらですか、手習い師匠のおうち」

とおオに聞いた。

「この店の表に出て、左に行ったすぐの横丁に、木戸に、背の低い梅の木がある仕舞屋《しもたや》がありますが、そこが手習い師匠のおうちです」

お才に教えられると、お登勢はさっさと店を出て、言われた通りの道順を辿《たど》りながら、

「梅の木……梅の木……あっ、十四郎様」

横丁に入ってまもなく、こぢんまりした仕舞屋を指した。

なるほどその家に近づくにつれ、子供たちの声と、男の師匠の声が聞こえてきた。

弾んだ子供たちの声は、それだけでその空間が平和で幸せに映るから不思議である。

何を習っているのかと興味津々《しんしん》で、そっと梅の木のある木戸口に近づいて中を覗《のぞ》くと、八畳ほどの板の間で十人近くの子供たちが、習字の手解きを受けていた。皆まだ手習いを始めたばかりの小さい子供たちだった。

お春は、その小さな子供たちと机を並べていたのである。

部屋の隅っこで、背筋を伸ばして、熱心に筆を動かしていた。

い、ろ、は……と、手習いの手初めに教わるひらがなの文字を書いているよう

だった。

師匠は若い浪人だった。

子供たちの間を見て回っていた師匠が、垣根越しに覗いている十四郎たちに気づいた時、お春も気づいて、はにかんだ笑顔を送ってきた。

お春はすぐに、師匠に許可を貰って表に出てきた。

習字道具を風呂敷に包んで胸に大事そうに抱えている。

一見したところ、習い事に通う若い娘のようなはつらつとした雰囲気をまとっていて、十四郎やお登勢まで浮き浮きとした新鮮な気持ちになった。

「お恥ずかしいところを、見られてしまいましたね」

お春は肩を竦めて、

「あたしはね、本当は、ろくろく字も読めなかったんですよ」

苦笑した。

「そんなこと、少しも恥じることなどありませんよ。むしろ、そのお年になって手習いを始めるその気持ちが、どれほど素晴らしいことか……」

「まあね、人並みの学があったら、あたしのような苦労はしなかったろうと思いますよ。世の中だって、もっとうまく渡れたでしょうしね」

お春は照れくさそうに苦笑をすると、路地の角にあるお地蔵さんの社に手を合わせて呟いた。

地蔵は、赤い前垂れをしていて、可愛い目でこちらを見詰めているようだった。

お春は、地蔵を後にすると、前を向いてゆっくり歩きながら、両脇に並んで歩く十四郎とお登勢に交互に気を配って、

「雨の日も風の日も夫婦で屋台を出して、今日食べる米代を稼がなきゃならなかったんです、あたし……。この年になって、ふっと我にかえったら、他人様《ひとさま》が持っている、大事なものが自分にはないことに気づいたんです」

「大事なもの？」

お登勢が聞いた。

「ええ……字を読み、字を書くことができないって……」

「苦労したのですね」

お登勢はしみじみと言った。

「でもね、今はこうして手習いに通える身分になったんです。毎日、覚える字が増えて、嬉しくて嬉しくて仕方がないんですよ」

お春の声は弾んでいる。

お春の目は輝いていた。

十四郎はそんなお春の横顔をちらと見て、

「それはそうとお春、聞きにくいことを聞くが、そういう苦労があって息子の一人を養子に出したのか」

お春は十四郎の言葉に立ち止まると、驚いた顔を向けた。

「悪く思わないでくれ。作造がお前さんに申し訳ないという意味でな、つまり息子さんがいるのにお店を譲ってもらった、そういうことでぽろっとな」

お春は後ろを振り返って、先程手を合わせた地蔵の赤い前垂れに目を遣ったまま言った。

「確かに一人養子にやりました。生活が苦しくって食べていけない、この先どうなるか分からない、だったら、この子だけでも生き残ってほしいってね。でも養子にやった子はやった子です。もうあたしの子じゃありません。作造は気を遣い過ぎて……あたしのことだって本当のおっかさんのように思ってくれればいいのに……」

お登勢は、お春の言葉を聞いて、十四郎に視線を送ってきて、くすりと笑った。

作造夫婦も、同じような言葉を言っていたのを思い出したのである。

お春は続けた。

「字を習いに行く気になったのも、あたしにとっちゃ孫も同然の作造の息子の忠《ただ》吉《きち》がね、本を読んでくれってあたしにせがむんですよ。ばあちゃん、ばあちゃんって……。夫婦は遅くまで店で働いていますから、あたしが読んでやらなくちゃ、せめてばあちゃんの役目をしてやらなくちゃあ、そう思ったんですよ」

「いい話だな、お春」

「ありがとうございます。ところで旦那、お登勢さんもわざわざ、どうしてあたしを訪ねていらしたんですかね」

お春は、今頃気づいたような顔をして、ちらちらと、両脇の二人を見た。

「そうだったな。肝心の話をするのを忘れていた。お春、おまえは珍しい鈴を持っていたが、今はどこにある、家か？」

十四郎が聞いた。

ふとした立ち居振る舞いのたびに、必ずちりりと小さな音色をたてていたはずの前帯から、今日は一度も鈴の音を聞いてはいなかった。

最初は、抱き抱えた手習いの風呂敷に押しつけられて、それで鳴らないのかと思っていたが、今、目の前にいるお春の帯には、鈴はぶら下がってはいなかったのである。

「ああ、あれ……この間、浅草寺《せんそうじ》で、お正月三が日の時だったと思うけど、人混みにもまれてなくしてしまったんですよ」

「何……なくした？」

「はい。それが何か？」

「いや……それにもう一つ、お前は三日前、湯島に行っていないか」

「旦那、この年寄りの足でどうしてそんな遠いところまで行くんですかね。この寒さです。この頃は膝が痛んで、もう遠くまで歩けやしませんよ」

「そうか……」

十四郎が溜め息を吐いた時、

「ばあちゃん……ばあちゃん」

信州屋の店の方から、作造夫婦の一粒種、忠吉が走ってきた。

「転ぶよ、忠吉、気をつけて……」

お春は、顔をほころばせて両手を広げると、忠吉を抱き留めるためにおぼつかない足取りで前に進みながら腰を落とした。

このところの寒さで膝を痛めているというお春の言葉に嘘はないようだった。

——あの様子では、湯島くんだりまで出向いていって、男一人を突き落とすなど、とてもできそうにはないな……。

十四郎は安堵の思いで、お登勢に微笑みかけていた。

三

「これは塙の旦那、いいところで会いやした。橘屋をお訪ねしようと思っていたところですよ」

米沢町《よねざわちょう》の長屋を出て、両国橋に足を掛けたところで、南町の岡っ引マムシの以三に、十四郎は声をかけられた。

「以三親分か、何の用だ」

十四郎は、粘っこい以三の視線を撥ね返すように言った。

数日前にお登勢とお春に会いに行って不安な気持ちを納得させたつもりだったが、以三の顔を見ると、また新たな不安が襲ってきた。考えてみれば鈴をなくしたというお春の説明だけでは、心底からほっとしたというわけにはいかなかった。

第一、あの鈴はそもそもどこで手に入れたものだったのか、聞いてはいない。

いや、問い詰めるのを躊躇《ちゅうちょ》したのだが、それよりも十四郎は、お春が忠吉を抱き留めるために手を広げた時、袖のめくれた右手の二の腕に大きな痣《あざ》がついているのを見て、一抹の不安を持っていた。

だが、お登勢には黙っていた。

おそらくお登勢も、あの痣に気づいていたはずだが、

「十四郎様、子供のように手習いに励んでいるお春さんが町のならず者とかかわりがある訳がないとわたくしは信じます。それに、ささやかな幸せを願っている年寄りに、これ以上嫌な思いをさせたくありませんもの」

お登勢はそう言ったのである。

十四郎もまた、あの年寄りのお春の足で湯島まで行けるはずがないと考えたが、痣を見た時の不安はずっと胸の内にあったのである。

そこへ以三が現れて、十四郎は不安が現実になっていく時の、あの言いようのない胸騒ぎに襲われていた。

——何かのっぴきならない手掛かりでも摑んだからこそ、以三が現れたのだ。

と思った。

案の定、以三はしゃがれた声で切り出した。

「実はある女が浮かんだんですがね。橋屋がその女を知らないことはないようなので、ちょいとその女について聞いてみたいと思いやしてね」

以三は不敵な笑いを浮かべて言った。

「お前にそう言われても、思い当たる女はいないが、いずれにしてもこんなところでは話もできぬ。どうだ、俺の長屋はすぐそこだが、一緒に来てくれるか」

「ようがす。あっしもへたは打ちたくねえ。何しろ旦那方は、今度の一件についちゃあ、北町の松波様に頼んで横合いから調べていなさるというではありやせんか。あっしにしてみれば、あんまり気持ちのいいものではございやせんや。そうでしょ、旦那。あっしの調べが後で杭を打たれるようなことがあっては、あっしの岡っ引としての沽券《こけん》にかかわる。ですから、後で文句の出ねえように、あっしの調べに嘘がないということを伝えておこうと思いやしてね」

以三は、橋袂から十四郎の長屋に着く間にも、ぬかりのない物言いをしながらついてきた。

「上がってくれ、何もないがな」

十四郎は長屋に戻ると以三に勧め、自分も上がって座した。

「いえ、あっしはここで」

以三は上がり框に腰を据えた。

すぐに懐から、例の鈴を出して置いた。

ちりり……という小さな音がした。十四郎の部屋には不釣り合いな音色だった。

「旦那、この鈴がどこから出たものか、旦那はもうご存じだと思いますがね」

「……」

「まあ、出所はいいとして、この鈴に繋がる重要な女を見つけたんでさ」

もったいぶった言い方だった。

「ふむ、それで……」

「先月まで橋屋にも何度も顔を出しているお春という蕎麦屋の婆さんですよ」

「お春が……ふむ、そうか。そういえば……それであの時、俺はこの鈴が気になっていたのだな」

「いやですぜ、旦那。惚《とぼ》けてもらっちゃ困りますぜ」

以三は冷たい笑いを、声も立てずに浮かべると、

「順を追って話しますとね。殺された弥蔵は質《たち》のよくねえ野郎でしてね。ずいぶんと危ない橋を渡ってきた野郎でした。弥蔵を恨んでいる者は、どれほどいるかしれやせん。ところが一人だけ、あの弥蔵をやりこめた女がいた。やりこめたど

ころか、その女によって、弥蔵は武家屋敷に二度と奉公することができなくなった。つまり、弥蔵の方が恨みに思う女がいたってことですよ……」

「それが、お春だというのか」

「へい」

以三は、得意げにひと呼吸大きくついた。

話は十年ほど前に遡《さかのぼ》る。

神田川沿いを、もう二十年近く蕎麦の屋台を担いで回る中年の夫婦がいた。その夫婦は、屋台仲間でも面倒見のよい夫婦だと定評があった。

亭主の方は背が低く、骨組みも細く、口も重くて弱々しい感じがしたが、女房の方はいつ会っても元気がよくて、大きな声で笑い、おしゃべりで人の世話が好きだった。

二人を並べて見てみると、いかにも対照的だったが、客にはすこぶる人気があった。

蕎麦粉は信州でとれたものしか使わなかったし、蕎麦の打ち方も汁の味も他の店より各段に美味いという評判だった。

他の店なら揉み海苔《のり》を振るだけで二十四文で売っていたのに、その屋台は彩《いろど》りに葱《ねぎ》を入れているにもかかわらず、昔からの値段の十六文で売っていた。

ある夜、仲間と柳橋近くの飲み屋でしたたかに飲んだ弥蔵は、奉公先である小石川《こいしかわ》の水戸《みと》徳川《とくがわ》家三十五万石の上屋敷に帰る道すがら、この夫婦の屋台に立ち寄った。

ちょうど屋台にはなじみ客の下駄職人が二人と、神田河岸の人足三人が先客として蕎麦を待っていた。

そこへ弥蔵が割り込んだ。

屋台の亭主が下駄職人に渡そうとしたかけ蕎麦を、弥蔵が取り上げたのである。

「お客さん、順番守って下さいな」

屋台の女房が蕎麦をつくりながら弥蔵に言った。

「何、俺に説教しようってのか」

弥蔵は酔いも手伝って、どんぶりを持ったまま、ゆらりゆらりと揺れながら、最初っから息巻いた。

「いいえ。説教も何も、こんな屋台でも決まりってものがあるんですよ。それを守って下さいと言ってるんです」

「野郎！」

ただでさえ、血の気の多い弥蔵である。

手にあったどんぶりを地に叩きつけた。

「何するんですか」

屋台の女房も負けてはいなかった。そう、その女房がお春だった。

「俺様を誰だと思っているんだ、ん？」

「誰だって関係ありませんよ。うちの屋台は、お武家も町人もありませんのさ。皆、順番なんだから」

「耳ほじくってよく聞きやがれ。俺はな、俺はあの御三家水戸様んところの中《ちゅう》間《げん》の弥蔵という者だ。この弥蔵様に楯突くってこたあ、水戸三十五万石に楯突くってことだぜ、分かったか」

着流しの着物の裾を、ひらりと割って摑み上げて、今にも飛びかからんばかりの様子を見せた。

毛むくじゃらの脛《すね》を出せば、屋台の女なんぞ震え上がると思ったらしい。

だが、気の強いお春が引き下がるわけはなかった。

お春は腕をまくって、向こうを張った。

「何が水戸様の中間だ。そんなことでこっちが、ああそうですかと引き下がると思ったら大間違いさ。おまえさんは知らないだろうから教えてやるけど、うちの蕎麦は美味いと言って下さって、ときどきお大名のお屋敷や旗本のお屋敷からお呼びがかかってんだよ。お屋敷の庭に筵《むしろ》を敷いて蕎麦を打ち、傍に据えた大釜で蕎麦を茹《ゆ》で、その場で美味しい蕎麦を召しあがってもらっているのさ。だから、えらーいお武家さんとは仲良しなんだよ。水戸様だってそうさ。あんた、これ以上因縁つけると、承知しないよ。蕎麦屋だと思って馬鹿にするんじゃないよ」

これには弥蔵も、後に引けなくなった。

腰に差していた小刀を抜いた。

「やめろ、お春。順番のことはもういいからやめろ」

無口な夫と、下駄職人が止めに入った。

だが、気持ちのおさまらない弥蔵は、手にあった小刀を振り回して、下駄職人の肩を深々と斬ったのである。

職人が肩を押さえてうずくまったのを見て、初めて深い傷を負わせたことを知った弥蔵は、さすがに怯んだ。

「人殺しだー。人殺しー」

傍にいた者たちが騒ぎ出して、弥蔵ははっとして、小石川の方に転げるようにして走り去ったのだった。

弥蔵はそれで、ほとぼりが冷めると考えていた。

ところがどっこい、お春は翌日、単身水戸家に怒鳴りこんだのである。

天下の副将軍たる家の使用人がこれでいいのか。ご意見番として、これで務まるのかと言い、

「弥蔵という中間をしかるべくお仕置下さらないのなら、世間に訴えますが、それでもよろしいのでございますね」

そう詰め寄ったのである。

これには水戸家も困った。

苦慮《くりよ》の末に、必ず弥蔵には重いお仕置をするとお春に約束し、その後弥蔵は捕まって、屋敷内の納戸《なんど》に押し込められた。

お仕置はよくて追放、悪ければ首を斬られると言われた弥蔵は、震え上がった。

見張りが寝静まったのを見計らって、弥蔵は天井から脱出したのであった。

命からがらとはこのことで、二度と中間の職には就けなくなった弥蔵は、以後、町のならず者として渡世してきたのである。

一方のお春は、その後もこの話を、手柄話として客にしていた。

あの鈴をお守りとして財布の端につけ、帯に挟むようになった頃には、噂が噂を呼んで、お春は『水戸様を懲らしめた女』として語られるようになっていた。

「いかがです？……旦那」

以三は一気にそこまで話すと、十四郎の表情を窺って楽しむような陰険な目を送ってきた。そして一気に言った。

「塙の旦那、そういったお春の昔を知っている人間がおりやしてね。この者も中間で弥蔵のことも見知っていた男でさ。それで、今度の事件とお春とが結びついたというわけでございやすよ」

「しかし以三、その証拠の鈴だが、持っているのはお春だけではあるまい。鈴を持っていたというだけで、縄は掛けられぬぞ。それに昔のお春ならいざ知らず、今のお春はもう還暦にもなろうかという年寄りだ」

「年はとっても持って生まれた性根は変えられませんや、婆さんになっても、激しい性格はそのままですよ。男とやりあって、突き落としたって不思議はねえ。そういう女でさ、お春という婆さんは……まっ、あとはあっしの腕の見せどころ。見ていて下せえ」

以三はそう言うと、腰を上げてぞっとするような不敵な笑みを残して去った。

——あの男なら、お春にいずれ縄を掛けるに違いない。

十四郎は、急いで立ち上がった。

「俺はすぐにお春に確かめに行ったのだが、お春は一蹴《いっしゅう》した。私は湯島なんて行っていないとな……」

十四郎は、庭の隅に植わっている椿《つばき》の花一枝を鋏《はさみ》を持って選んでいるお登勢の背に告げた。

傍に仲居頭のおたかが控えている。

お登勢の背は弓なりに柔軟なしなりを見せて、椿の右の枝を吟味したり、左の枝を吟味したりしていたが、やがてぴたりとその背を止めると、両手をぐいと伸ばして、ぱちりと小気味のいい音を立てて、一枝を切り取った。

その枝には、まもなく開こうという蕾《つぼみ》がひとつ、花色を頭に見せて、重たそうに垂れていた。

お登勢はその一枝を、

「これで、いいでしょう」

と言いながら鋏と一緒におたかに手渡した。

「はい」とおたかは返事を返して、台所口に走っていったが、そのおたかの去るのを眺めながら、お登勢がぽつりと言った。

「本当にそうならば良いのですが、年寄りだからといってこの間のようなごまかしは、お奉行所では通用しませんから……腕にあったあの痣だって、厳しく追及されるに違いありません。人殺しなどやってはいないとわたくしは信じていますが、しかし……」

お登勢もやはり、あの痣には気づいていたのだと十四郎は思った。

「俺もそれを心配している。お春も、弥蔵という男とは、因縁浅からぬ関係だったと、それは認めている」

「しかし、十四郎様。お春さんはその弥蔵という男に、わざわざ湯島まで会いに行ったとはとても思えません。でも、それならばお春さんは何のために湯島に？」

「そのことだが、作造も、お春がたびたび黙って、どこに行くとも言わずに出かけていたことを白状したぞ」

「いったい、どこへ出かけているんですか。やはり湯島ですか」

「いや、それは本当に知らないらしいのだ」

「湯島の方だったということになりますと、鈴のこともあります、お春さんへの疑いはますます濃くなるということになりませんか」

お登勢が思案にくれる顔をしてみせた。

その時、裏木戸の辺りで、激しい犬の吠える声が聞こえてきた。

ごん太の声だった。

まもなく万吉がごん太と二人のところに走ってきて、

「作造さんという方が、お会いしたいと言っています」

と告げた。

二人は顔を見合わせて、庭から縁側に上がり、廊下を渡って玄関に向かった。

「お春婆さんが、どうやら捕まったそうです」

上がり框で、作造の報告を聞いていた藤七が、お登勢と十四郎に重苦しい顔で振り返って言った。

「いつのことだ」

十四郎が作造の前に膝を落とすと、作造は泣きつくような顔で訴えた。

「一刻《いっとき》（二時間）ほど前です。岡っ引の以三親分とかいうお人がやってきまして、ご隠居さんはやっていないとおっしゃったんですが、聞き入れてもらえず、引っ張られていきました」

「お前は、お春が、たびたび外出していたのに気づいていたと言ったな。どこに行っていたのか本当に知らないのか」

「はい。ただ、ひとつ考えられるのは、養子にやった息子さんのことが気になっているのではと……」

「湯島にいるのか」

「いえ、それは分かりません。もうずっと、付き合いは途絶えていますから……ただ、いつだったか、ご隠居さんは、忠吉のお守りをしながら、じいっと忠吉を見詰めて涙ぐみ、それから遠くに目を遣るのを見たことがあります。思い出を引っ張りだすような目をしていました。でもその目は哀しげでした。あの時、ふと思ったのです。ご隠居さんの気掛かりは、まだひとつあるのだと……幼いときに養子に出した息子さんのことだと……」

「しかしどうして、養子にやった息子さんのことを、誰にも話さないのですかね」

藤七が小首をかしげた。

作造は必死に訴える。

「あっしはご隠居さんが人を殺すなどできる訳がないと思っています。世間では、昔のご隠居さんは勝ち気な女だったなんて言う人がいますが、それは、そういう気持ちでいなければ、やっていけなかったからだと、あっしはそう思います。お願いします。なんとかご隠居さんを助けて下さいまし」

作造は、突然土間に膝をついて頭を垂れた。

「作造……」

「ご隠居さんは、あっしたち夫婦にとっては、母同然の人なんです」

「分かった。分かったから立て。どこまで力になれるか分からぬが……」

十四郎は両刀を腰に差すと、玄関の土間に下りた。

四

「お春さん夫婦ですかい……ええ、そりゃあもう、古い付き合いです。今でこそお春さんはあんな立派な店を持ちやしたが、五年前までは、この神田川沿いで、お互い屋台を張って、助け合ってきた仲でさ……」

屋台の蕎麦屋の年老いた主は、手際《てぎわ》よく蕎麦を茹でながら、時折顔だけ十四郎に向けて話をした。

雨上がりで人の往来はまばらだったが、濡れた道と遠くから微かに聞こえてくる川の流れには、なんともいえぬ風情があった。

屋台は出したばかりで、この辺りが帰りがけの人や酔客で賑わうようになるまでにはまだ時間があった。

「旦那、かけでしたね」

親父は念を押すと、手際良く丼に蕎麦を入れ、汁を注ぎ、特製の飾りの具をのせて、十四郎の前に出した。

親父が手を動かすたびに白い湯気があがるのだが、それを見ているだけでも心も体も温かい気分になれる。

「美味いな」

十四郎は、一口啜って、親父に言った。

「実はね、この味、お春さんが教えてくれたんですよ、旦那」

「ほう……」

「ふつうだったら、味は商売の秘密ですから絶対に人には言いません。まして商売敵《がたき》には言いませんよ。ところがあの人は、あっしの屋台の蕎麦が売れないのを気にして、うちの味でやってみろと、そう言ってくれたんですよ。あっしがあの時、どれほど嬉しかったことか、旦那、分かりますか……お陰であれ以来、食うには困らぬ商いができておりやす。旦那、あっしはね、お春さんのためなら、いつだって一肌脱ぐつもりでやんす」

親父は痩せた腕を、振り上げてみせた。

「ふむ……それは頼もしいことだな。ひとつ聞くが、親父さんは昔、お春が息子の一人を養子にやった話は知っているか」

「知ってまさ。利発な息子さんでしたからね。手習いにやったら、あっという間に文字を覚えて、八歳で大人顔負けの読み書きができていましたよ。これは手習いの師匠が言っていたから嘘じゃねえ。でね、養子に行ったのは十歳だったと思いやすが、それまでずっと毎日日記をつけてるって聞いたことがありますよ」

「ほう……日記をな」

「へい。親が字が読めねえし書けねえから、代わりにいろいろ、何があった、かにがあったってつけとけば、あとになって思い出になるんだって、そんな殊勝《しゆしよう》なことを言ってましたね。お春さんも、この子にだけは苦労はさせたくないって思ったんでしょうね。ご亭主の知り合いだっていう墨筆硯《すずり》問屋の『上総屋《かずさ》』に養子にやったって聞いてますがね」

「上総屋か……まさか湯島にあるのではあるまいな」

「湯島ですぜ。湯島の切通《きりどおし》です」

「間違いないか」

「へい」

「息子の名は」

「利助《りすけ》坊です。あれから十五年、利助坊はもう二十五歳のいい若者になってるはずです」

「そうか、二十五歳のな。いや、親父、美味かった。また来る」

「ありがとうございやす。旦那、お春さんのこと、お願いします」

親父は、屋台の内側からわざわざ外に出て、十四郎を見送った。

「世の中、捨てたものじゃないなと思う時があるが、お春、お前と、お前の周囲にいる人たちを見ていて、俺は改めてそう思ったぞ」

十四郎はうなだれているお春に言った。

お春が番屋に引っ張られたのは今朝のこと、容疑が固まれば、明日は大番屋に送られるに違いない。

大番屋に送られれば次は小伝馬町、そうやって引きずり回されているうちに、やってもいない罪を認める場合だってある。

――お春ならば、そんなこともあるまいが……。

十四郎は、目の前にうなだれているお春を見ながら、この番屋に連れてこられてきてからもずっと、弥蔵は殺していないし、湯島なんぞに行ってはいないと言い張って頑張っているというお春を信じてやりたいと考えていた。

だが、以三から、ならばどこに行っていたのかと聞かれると、方角違いの寺にお参りに行っていたのだと言い訳していると聞いている。

マムシの以三に、そんな言い訳が通用するはずがない。

以三は、そんな話は全然信じていないし、お春の嘘はきっと暴いてみせると、十四郎に言ったのである。以三がそこまで言い切るには、お春が湯島に行っていたという何らかの証拠を摑んでのことだろう。

それでもお春が頑《かたく》なに湯島に行かなかったと言い張る背景には、湯島に行ったと認めたくない理由があるはずだった。

それはもしかすると、養子にやった息子のことが理由ではないか……。

十四郎はそう思い始めていた。

「お春、おまえの昔については、少し調べさせてもらったのだが、おまえは、湯島の上総屋にやった息子の利助に会いに行ったのではないか」

はたして十四郎が息子の利助の話を出した途端、お春は顔を上げたが強張っていた。

「やはりそうか……しかし、なぜ隠さねばならぬ。正直に話せばいいではないか。それともなにか、弥蔵の転落と何か関わりがあるのか」

「……」

お春は、口を堅く閉ざして、また俯いた。

「そうしているうちに、おまえはどんどん悪い方にはまっていくぞ。おまえらしくもないな。こうして、おまえを信じて、なにか手立てはないかと聞いているのに、口を閉ざして。それでことが解決するとは、おまえも思ってはいまい」

「……」

「いいか、お春。この番屋には確かに人の目もあるが、橘屋とも懇意にしている北町与力の松波さんが万事ここの皆には話をつけて下さっている。おまえが俺と話す内容を、南の旦那方やあの以三とかいう親分に告げては駄目だと……信用してなにもかも話してくれ。さすれば解決の糸口も見つかろうというものだ」

「塙様……」

お春は顔を上げた。

ようやく覚悟を決めたようだった。

「塙様のおっしゃる通り、私はあの晩、息子の利助を湯島の境内に呼び出して、会っていました。ただ、息子と会っていたことが上総屋さんに知れますと、ご迷惑になる。息子の立場も辛くなると思いまして、湯島に行ったことは言えなかったのでございます」

「上総屋から息子に会ってくれるなと言われているのか」

「はい」

「しかし、乳《ち》飲《の》み子をやったわけではあるまい」

「私が悪いのでございます。上総屋さんは水戸様とは深い取引があったのでございます。私が弥蔵のことで水戸様に乗りこんだ一件は上総屋さんの耳にも入りまして、訳はどうあれ、水戸様に談判に行くような女が、上総屋の跡取り息子利助の実の母親などと分かっては、取引はご破算になる。以後、無縁の人と思うから、そのようにしてくれと、きつくきつく言われていました」

「ふーむ。しかし、どうしても会いに行かなければならぬ理由があったのだろう」

「ええ……利助が悪い女にひっかかって……両国の矢場《やば》の女なのですが」

「女？……心配する気持ちは分からぬことはないが、若いうちはいろいろとあるものだぞ。利助も二十五歳だというではないか」

「いいえ、その女はおりつという年増《としま》なんですが、やくざな男がうしろにいるんです」

「何……」

「利助を離れられないようにしておいて、上総屋を脅して金を巻き上げる算段をしていたんですよ、その女」

「……」

「やくざな男のことはひと月も前に分かっていました。お妙ちゃんのことで橋屋さんに通っていた頃、偶然息子を両国で見つけましてね。その女と一緒でしたよ。どう見ても堅気じゃあなかったですから。そういう人を見る目は屋台を出していましたから、確かなんです。それで、息子には内緒でその女を調べていて、男がいると分かったのです」

お春はそれで、利助と会う決心をした。

しかし、決心をしてからも、何度も湯島に足を運びながら、二の足を踏んだ。今更母親面しては、利助も戸惑うし、上総屋さんに知れたら、どんな目に遭うかもしれないと――。

だが、将来のことを考えれば、今、会って真実を告げてやらねばと決心したお春は、あの日、人を使って利助を呼び出したのである。

なんと、十五年ぶりの再会だった。

利助は、すらりと素直に伸びた手と足を持っていた。顔のつくりも、お春の息子とは思えないような上品な感じで、いかにも大店《おおだな》の跡取り息子といった近寄りがたい雰囲気を持っていたのである。

――あの子が……。

と見紛《みまが》うほど、立派な若者になっていた。

お春は、わが子ながら、掛ける言葉もなく利助を見詰めた。深い感動が瞬く間に胸を満たした。

お春には息子が二人いた。

一人は利助の兄になる息子で、その子に蕎麦屋を継がせようと考えていたお春だったが、亭主が亡くなってまもなく、あとを追うように風邪をこじらせて亡くなっている。

だから利助は、お春と血が繋がった、たった一人の人間だったのだ。

そう思うと、境内に現れた利助と向かい合っただけで、お春の胸はつぶれるほど切ない思いで一杯になったのである。

立派に育ててくれた上総屋に感謝せずにはいられなかったし、幸せそうに暮らしてきたと一見して分かる利助を見て、安堵もし、わが腹から出た息子と思えば自慢の気持ちにもなった。

反面、馬鹿な母親が目の前に現れては、さぞかしこの子も戸惑い、また、嫌な思いをしているのではないかという恐れもあった。

幸い、往来する人が二人を眺めたところで、どう見ても母と息子だとは思うまいという安堵と、一方では寂しさに襲われていた。

だが、お春の胸に浮かぶ様々な心の揺れは、幸いなことに、忍び込んでくる夕闇に包まれて、影も形もなく隠してくれるような気がしていた。

境内のあちらこちらには雪洞《ぼんぼり》に灯が点っていたし、茶屋や料理屋が並ぶ辺りには、連れ立って店に入る人たちの姿も見えた。

二人は、まだ硬い蕾が枝にしがみついている梅の木の小道にある長床几《しょうぎ》に腰を掛けた。

お春が他人の目を憚《はばか》って、そこに誘ったのである。

だが利助は、母親を避けるように、長床几の端っこに座った。

「利助……」

お春は、遠慮がちに声を掛けた。

すると利助は、

「何の用ですか。手短に言って下さい」

よそよそしく、冷たい言葉を返してきた。

──ああ、やっぱり、もう親子ではないのだ……。

哀しい思いが突き上げてきたが、お春はおりつという女の正体を告げ、できるだけ早く手を切るように言ったのである。

もしも手を切る金が必要なら、私がなんとかするからとお春は言ったが、返ってきた言葉は、

「なんのつもりか知りませんが、迷惑です。私のことはほっといて下さい。二度と私の前に現れないで下さい。他には?」

利助は冷たい顔を向けた。感情のない、他人のような顔をしていた。

予想もしなかった対面となった。だが、利助の言動には、時の隔たりだけではない、子を手放した親に対する憎しみのようなものを、お春は感じていたのである。

しかし、利助がどんなにお春を嫌っていようと、お春にとってはたった一人のわが子である。

誰がどう言おうと愛しいわが子であった。

「あたしにはなんのつもりもないんだよ。ただね、おりつという人にはやくざな男がついているし、そう遠くない時期に、上総屋さんを脅しにかかるらしいから……今のうちに何とかしないと……あたしは、それだけを伝えたかっただけなんだから」

気持ちをふり絞ってお春は言った。

「あんな騒ぎを起こして上総屋に迷惑をかけた人が、私を心配してるだって……もっともらしいことを言うのはやめてくれ」

利助は立ち上がって、お春を見下ろすように見て、

「本当に、もう二度とこんなことはしないで下さい」

他人行儀に言い、背を向けた。

――利助、どうか目をさましておくれ……そして幸せになっておくれ。おっかさんは祈っているよ。祈るしか力になれなくてごめんよ利助。

利助の背が見えなくなるまでお春は心の中で呼びかけながら見送っていた。境内の広場に出た時には、すっかりあたりは闇に包まれていた。

その闇は、お春と利助のこの先を暗示しているような、暗澹《あんたん》たる思いにさせた。

「おっと、待ちな」

踵《きびす》を返して帰ろうとしたお春を呼び止めた者がいた。

目を凝らすと、忘れもしないあの弥蔵が、にやにやして立っていた。

「ここで会ったが百年目と言いたいところだが、久しぶりだな」

「あんた、江戸にいたのかい。水戸様のお屋敷でお仕置を受けたのではなかったのかい」

「どっこい、そうはいかねえってことだ。向こうが俺の仕置を考えてる隙に、屋敷を逃げたってわけだ。だが、お陰で俺は他の屋敷には奉公できなくなってこの有様だ。おめえには、その借り、返してもらうぜ」

「何言ってるんだい。悪いのは自分じゃないか」

「いいのかい、そんなこと言って。さっきの話、すっかり聞かせてもらったぜ」

お春の顔が凍りついた。

「矢場のおりつは、俺も知らねえ仲じゃねえ。俺がおりつの男に代わって上総屋に話をつけにいこうか……」

「あんたは……」

お春は、弥蔵を茶屋の横手にある広場に引っ張っていった。

「いいかい、そんなことをしたら、あたしが承知しないよ」

食いつくように迫って怒鳴った。

弥蔵の体から強い酒の匂いがした。

「嫌なら金を出すんだな」

弥蔵はお春に手を差し出したが、足元が揺れていた。

酔っ払いなら勝てると、ふっとお春は頭の隅で思った。

「誰がおまえなんかに、盗人に追い銭とはこのことだ」

「うるせえ、昔の借りを返してもらおう」

「何を……この人でなしが」

弥蔵の胸元に毒づいた時、

「野郎」

弥蔵がお春の胸倉をむんずと摑まえた。

「ちくしょう、離せ！」

二人はもみ合って、同時に倒れた。

酔っているとはいえ、やはり男である。

このままじゃあ、こっちがやられる。

お春は荒い息を吐きながら、同じように膝をついて喘いでいる弥蔵を置いて、急いで明るい光の零れる茶屋が並ぶ表に出た。

中年の商人ふうの男と若い女が、闇から出てきたお春を見て、びっくりした表情をしてみせたが、闇の奥から弥蔵の声で、

「婆《ばばあ》、待ちやがれ」

恐ろしい声音が聞こえたものだから、二人は慌てて店の中に入っていった。

かかわりになるのは嫌だという態度だった。

お春は夢中でその場を離れた。

「塙の旦那、それが真相です。ですが、私はあの時いったい何をしているんだろう。どうしてこんな目にと……」

息子との再会で胸を痛めて別れたばかりで、思わず涙が零れてきて、その涙を拭く気力もないような放心状態のまま湯島をあとにしたのだと言った。

「鈴がなくなっているのに気づいたのは、家に帰ってきてからでした。まさか崖の下に弥蔵が落ちて死んでいたなんて……」

「分かった。よく話してくれたな」

「信じていただけますか、旦那」

「信じるとも、だから気を確かに持ってな」

十四郎は、お春の消沈した小さな体に言い、番屋の役人には、何かあった時には橘屋に連絡してくれるように頼み、外に出た。

五

「これはこれは、お待たせを致しました。手前が上総屋武兵衛《ぶへえ》でございます」

墨筆硯問屋の主、利助の養父である武兵衛は、押し出しのよい恰幅《かっぷく》の良い体で、座敷に端座《たんざ》して白い砂を敷き詰めた庭を眺めていたお登勢の前に現れて、笑みを湛《たた》えながら差し向かいに静かに座った。

「深川の橘屋の主でお登勢と申します」

お登勢も如才のない笑みを浮かべて頭を下げた。

「存じておりますとも。先の十代様のご側室、万寿院様が住まわれる慶光寺の御用を賜っているお宿とお聞きしております。遠方からわざわざありがとうございます。して、何かお気に入りの筆がございましたでしょうか」

「はい。いろいろと拝見させていただきました。今後は折に触れて、お願いにあがろうかと存じております」

「ありがたいことでございますな。私どもは小石川の水戸様にご愛用いただいておりまして、皆様も安心して買い求めて参られます」

上総屋は、水戸家出入りの筆屋を強調した。

「上総屋さん。わたくしは、こちらのお店が水戸様の御用達《ごようたし》だからこの先筆を頂こうなどと、そういうことではございません。筆屋として実によくできた筆を揃えていらっしゃるとお見受けしたからこそなのです」

「はい……」

上総屋は怪訝な顔を向けた。

他の客なら、水戸家出入りと聞いただけで恐れ入るというのに、目の前に座っている美しい女将は、筆そのもので買うか買わないかを決めたという口ぶりなのが、信じられないようだった。

「筆は……これは釈迦《しゃか》に説法だとお笑いになるかと存じますが、その用途によって、硬い筆、柔らかい筆、細い筆、太い筆と様々あって、作り方も選び方も違うと聞いております」

「はい」

「しかも、手になじむいい筆というのは、毛の一本一本を吟味して、しかも、その並べ方、結い方によって違うと……」

「左様でございます」

「赤子を慈《いつく》しむように、毛の一本一本撫でつけて、しかも口に含んでなじませるとか」

「はい。筆師の腕の見せどころというところでございましょうか」

「ところが、一本だって同じ物は作れない。いくら丹念丁寧に作っても、思うようにはならないものだと……」

「おっしゃる通りで……」

この女は何を言っているのかという表情を、武兵衛はした。

「わたくしは、このお座敷に上げていただく間に、お店の番頭さんからいろいろと筆について教わりまして、ああ、筆も人も同じなのだと改めて思いました」

「……」

「様々あって、それが良いのだと……」

「……」

「こちらの人は硬い筆はいらぬと言っても、あちらの人はそれがいいというようようにに……また、筆がそうであるように、人間だって、同じじゃないかということに気づきました」

「橘屋さん、何をおっしゃりたいのでございますか。もうご高説《こうせつ》はそれくらいで……」

さすがの武兵衛も、笑みを解いて渋い顔をした。

「こちらの利助さんの実の母親、お春さんのことでございますよ」

「お春……何のことですか」

武兵衛の顔色が変わった。

「水戸様との一件、こちら様は忌《い》み嫌っておいでのようですが、肝心の水戸様では、町人にして立派な女子《おなご》であったと、そう申されているようでございますよ。

お春さんのことが、こちらの商いに悪い影響など及ぼすとは、とても思えません」

きらりと武兵衛を見詰めた。

「つまりはこうです。こちら様ではお春さんに対して、行儀をわきまえない恥ずかしい女だと思っていらっしゃるようですが、今申しましたように水戸様では違います。また、ご主人様の知らないところでお春さんがどれほど人に頼りにされ、慕われているか、ご存じでございましょうか」

「何を言い出すのかと思ったら」

「欲も得もない人ですよ、あの人は……」

「……」

「ご存じかどうか、お春さんは今では浅草で一番繁盛している蕎麦屋の主です」

上総屋は驚いた顔をして見返してきた。

「でも、店を持ったからといって、驕《おご》ったところは少しもございません。それどころか、一緒に店を守り立ててくれた職人さんにその店を譲って、自分は庭の隅に建てた隠居所で静かに暮らしています。この江戸にはたくさんの商人がおりますが、そのように小気味のいい生き方ができるお人が、どれほどいるというのでしょうか」

「も、茂作《もさく》は死んだのですか」

「お春さんのご亭主ですね。五年前に亡くなられたようです。続けて利助さんの兄さんも……」

「そうですか、茂作は死んだのですか。そして息子さんまで……」

「ですから、お春さんは今はひとりぽっちです。ところがこちら様では、あんな女が利助さんの実の母親と分かっては商いに傷がつくと、そうおっしゃって、ずっと縁切り状態だとか……」

「あなた様はいったい」

武兵衛は体を起こして、訝《いぶか》しい目を向けてきた。

「わたくしは、母子の行き来をさせてやってくれとか、そんなことを申したくてやって参ったのではございません。それは、お春さんだって納得していることですから。ただ、母が子を思う気持ちは、汲《く》んでやっていただけないものかと存じましてね。お春さんはそれがために、上総屋さんを救おうとして事件に巻き込まれて、いえ、あらぬ疑いをかけられて、今たいへんな目に遭っているのです」

お登勢は、ここぞとばかり、事件のあらましを告げた。そして、

「今日になってですが、弥蔵という人が、あの崖から下に落ちたのは、夜の五ツ（午後八時）頃だということが分かりました。落ちる時の叫び声と、どすんという落ちた音をその刻限に聞いたという人が現れました。ところがお春さんがその場所にいたのは暮六ツ（午後六時）です。実に一刻の開きが出てきました。ただし、それを証明しなければ、お春さんは無罪放免というわけにはいきません。暮六ツに、お春さんが帰っていったのを見たと思われる男女につきましては、塙十四郎様とおっしゃる寺宿のお仕事をなさっている人が、今捜しています。その二人が見つかって、そして、もうひとつ。お春さんがあの場所にいたのが間違いなく六ツだと、こちらのご子息が証言してくれれば、お春さんは疑いを解かれます。ですから、それをお願いしたくてやって参ったのです。直接利助さんにお願いしても良かったのですが、上総屋さんが偏見と誤解でお春さんを評されておられるようにお見受けしましたので、僭越《せんえつ》ではございましたが、いろいろと申し上げました」

「しかし……」

武兵衛は、そこまで言ってもまだ、二の足を踏む言い方をした。

「このわたくしにも母がおりました。あなた様にも母様はおられましょう。母が子を思う深い愛を、知らぬ者はおらぬと存じますが……」

「………」

「そういうことでございます」

お登勢は、あちらを向いて考え込んでいる武兵衛を置いて、座を立った。

店の番頭に送られて上総屋の店を出てきたお登勢は、歩きかけて、自分の背に降り注ぐ視線を感じた。

立ち止まって振り返ると、店の軒下で、お登勢をじっと見送る若者の姿が見えた。

――利助さん……。

利助に違いなかった。

若者は、追っかけてくるでもなく、しかし店の中に引き返すでもなく、そこに立ってお登勢を見送るのが精一杯の様子で、身動《みじろ》ぎもせず見詰めていた。

お登勢もしばらく見返していたが、くるりと背を向けて歩き出した。

お登勢は、自分の背に、言うに言われぬ叫び声が聞こえてくるような気がしていた。

その日の夕刻だった。

利助がお登勢を訪ねて橘屋にやってきた。

お登勢はすぐに利助を仏間に上げて、ちょうど外から帰ってきていた十四郎と一緒に利助の前に座った。

「本日はわざわざ上総屋までお出向き下さいまして、ありがとうございました」

利助は上総屋の跡取り息子らしく、きちんと手を揃えてつくと、二人に頭を下げた。

お春には似ても似つかぬ、良家の躾《しつけ》を受けた若者の姿だった。

「いいえ、こちらの方こそ失礼とは存じましたが、お春さんの気持ちを考えると、見るに見かねて……」

「……」

「利助さん。お春さんはね、あなたと会ったことなど、これっぽっちも岡っ引に話していないのですよ。あなたに会っていたということは、ここにいらっしゃる十四郎様がようやく聞き出して、それで分かったというような按配でした。上総屋さんやあなたに迷惑はかけられない。そう思ってのことだったと思いますが、それもこれも、今日も申しましたが、あなたを思う母心……」

「はい……女将さんの話を隣の部屋で聞いておりました。私は考え違いをしておりました」

利助は、小さな声で言った。挨拶をした時とは違い、お春の話になると、利助の声には人肌の感情があった。

「上総屋の養子に入ったのが十歳でしたから、おっかさんが恋しくなかった訳はないのですが、別れ際に泣きながら手を取り合ったことだけが記憶に残っていて……」

「そう……お春さんだって辛かったんでしょうしね」

「でも、あの日以来二度と会えなくなったのは、水戸様の騒動が原因でした。上総屋の父は、あれでおっかさんを毛嫌いするようになったのです。お前ももう、あの母のことは忘れなさいと、事あるごとに言い聞かされました。あんな行儀のよくない放埒《ほうらつ》な母と血が繫がっているだけでもおぞましい。これからは上総屋の跡取りとして、私の実の息子だと念じてこの家にいてほしいと、そう言われて育ちました」

「まあ……」

お登勢は溜め息を漏らした。

「私の実家の方にも、縁を切ると申し入れをしたそうですから、私もそれで実家とは縁を切ったと、思い込むようにしてきました。育ててくれたのは上総屋の父ですから、上総屋の父の嫌がることは、そんな行いはしたくなかったのです。ですから、この間おっかさんと会った時も、私の目には情けないおっかさんとしか映らなかったのでございます。自分のことは棚に上げて……ですから、冷たく当たって……」

十四郎も、お登勢も返す言葉も見つからず、膝を揃えている利助を黙って見ていた。

利助はすぐに、上総屋の父を庇うように付け足した。

「でも、上総屋の父がそう言ったのも無理はないと思うのです。一代で築いた店ですから、それは苦労があったと聞いています。苦労をしていますから、人情の分からない人ではありませんが、店を守らなければという気持ちが先に立ったのだと思います。実際、このたび、こちらの女将さんからいろいろと言われたことで、父も反省したのか、私におっかさんを無実にする証言ができるのなら、おまえがしてやりなさいと、そう言ってくれました」

「よかったこと……」

お登勢はほっとした顔をした。

しかし、利助の話によれば、すぐに番屋に出向いて、母と会っていたのは六ツだと伝えたにもかかわらず、以三という岡っ引から、今更それだけでは放免するわけにはいかないと言われたというのである。

「以三の奴、そんなことを言ったのか」

「はい。実際に弥蔵を落としたという人間が現れなければ、お春婆さんが、もう一度舞い戻って殺ったということも考えられるなどと言うのです」

利助は肩を落とした。

「なんという岡っ引なんでしょう。お春さんもひどい人に見込まれたものですね」

「利助」

「はい」

「今日俺は、ある男女の連れを突き止めた。その二人は、ふらふらになって帰っていくお春を見た人だ。ただし、その人たちは表には出られない関係で、番屋で証言するのは許してほしいと言っている。だがな、これでおまえのおっかさんは、弥蔵を突き落としてないとはっきりした。おまえも番屋で証言してくれたらしいから、そう案ずることもあるまい。俺たちも弥蔵を突き落とした奴を必ず捕まえてやろうと思っている」

「ありがとうございます。よろしくお願い致します」

利助は何度も頭を下げた。

「お春さんもそうですが、あなたも、ご自分のこと、おりつという女の人のことは自分の目で確かめて……」

「はい。実はここに来る前に、両国の矢場に寄ってきました。するとやっぱりおりつには男がいたことが分かりました。二人は美人局《つつもたせ》がばれて慌てて江戸を出たのだということでした。おっかさんの言った通りでした」

利助は苦笑して立ち上がった。

お登勢は、玄関まで見送りに出て、

「お春さんの疑いが晴れたら、利助さん、おっかさんの手になじむ筆を一本、差し上げて下さい」

と利助に微笑んだ。すると利助が、

「そりゃあ容易《たやす》いことですけど、でも、おっかさんは字が書けません」

笑ってみせた。

「いいえ、お春さんは、手習いに行っておりますよ」

「手習いに？」

「はい。蕎麦屋の坊やに本を読んでやるのだと言ってましたが……」

そう言って利助を見たお登勢の目が驚きで丸くなった。

利助の双眸に、みるみる熱い涙が盛り上がってくるのが見えたのである。

お登勢は、困惑した顔を十四郎に向けた。

「利助……」

どうしたのだと、声を掛けた十四郎に、利助はとぎれとぎれに言った。

「おっかさんとの思い出は、別れ際に手を取り合って泣いたことばかりが頭にあったのですが……日記のことを忘れていました」

「日記……」

ああっと、十四郎がお登勢と顔を見合わせると、

「おっかさんの手元には、私が幼い頃に書いていた日記があります。もう、今となっては何を書いたのか忘れてしまいましたが、おっかさんは、養子に行く私に言ったことがあります。今、思い出しました」

「……」

「この日記は大切にするよ……そして……おっかさんがいつか字を覚えたら、こ

れをおまえだと思って、読んで……おっかさん！」

利助は畳に両手をついた。零れそうになる涙を堪えていた。

利助は、十四郎とお登勢にしばらく見守られるように身を震わせていたが、洟《はな》を啜って顔を上げると、

「つまらないことしか書いていないのに……おっかさんと一緒に蕎麦粉を練ったとか、神田の河岸で二人で花を摘んだとか……いじめられて帰った時、おっかさんが泥で汚れた私の体を、熱い湯に濡らした手ぬぐいで拭いてくれたとか……」

利助は突然、どこかにしまっておいた箱を開けて、その中身をひとつひとつ確かめるように言った。

「それなら尚更、きっと喜びますよ」

お登勢が言うと、利助は何かが吹っ切れたような顔をして頷いた。

六

「どうだいお春、強情を張らねえで、私がやりましたと白状しては……」

以三は、お春の傍に腰を据えると、しみじみと言った。

「確かにな、おまえの倅が、六ツにおまえさんに会っていたと言ってきたよ。しかし、考えてもみな、倅《せがれ》は血の繋がった人間だ。母親を助けたいがために、どうとでも嘘をつく」

「親分。親分は、どうにもあたしを罪人にしたいらしいけど、何度も言うけど、あたしゃ、人殺しなんてやってはいませんから」

「そうは言っても、これが俺の手にある限り、そんないい加減な話は通用しねえよ」

以三は、懐から黄色い鈴を出して、ちりんちりんとお春の前で振ってみせた。

「返せ！」

お春がふいに手を伸ばすが、以三はひょいとその手を避けて、へらへら笑った。マムシと言われているだけあって、ぬんめりとした表情には、ぞっとするものがある。

「今に、本当の下手人が現れるにきまっている。そうなったら、あたしゃ、あんたを訴えてやる」

「それはできねえな、お春さんよ。この俺が下手人と睨んだら、どうあっても下手人なんだ」

「それじゃあ、無実の者を罪に陥れているってことじゃないか」

「どうとでも言ってくんな。それよりお春、面白い話をしてやろうか」

「なんだい、勝手にしゃべりな」

お春は、あっちを向いて座った。

以三がお春に罪を認めろと迫るのは、自分の沽券《こけん》にかかわるからだ。

今朝のこと、同心の木村乙一郎が立ち寄って、一両日中に確かなものが得られなければ、お春は解き放せと、厳しく以三に言ったのである。

罪がはっきりしなければ、大番屋にも移すことはできぬし、まして小伝馬町に入れる証文《しょうもん》などお奉行から貰えるわけがない。

しかもこの一件は、北町奉行所の敏腕与力松波様もじっとご覧になっているのだと以三に言った。

「慎重にしろ。へたをすれば、俺もおまえも大変な目に遭うぞ」

木村という同心は、最後にそう言って番屋を出ていったのである。

お春はそれを、奥の囚《とら》われの部屋で聞いていたのだ。

以三が根負けして、お春を諦める刻限が刻々と近づいているのは間違いなかった。

以三は、薄ら笑いを浮かべて言った。

「おまえが認めねえことには、倅が大変なことになるが、それでもいいのかい」

「倅が……」

お春は、どきりとして、以三を見た。

「そうよ、おまえがこうして頑張っているために、倅がどんなに恥ずかしい思いをしているのか、知るめえ……」

「………」

「倅はなあ、あの湯島の天神様の境内で、刷り物を配っているそうだぜ」

「刷り物？」

「そうよ。私の母は無実です、それを証明してくれる人を捜していますとね。あの辺りじゃあ、利助は上総屋の倅だって、誰だって知っている。つまりおまえの倅は、店を潰してもって考えているらしいが、ひょっとして今頃は、上総屋を追い出されているかもしれねえな」

以三は、にやりとして、お春を斜めに見て言った。

「倅が……利助が……」

さすがのお春も、動揺した。

すかさず以三が言った。

「何、おまえが罪を認めれば、俺が証明してやろうじゃねえか。落とそうとして落としたんじゃねえってな。それに悪いのは弥蔵の方だ。逆恨みして起きたことだって俺が言ってやる。そうすれば、おまえがたとえ弥蔵を落としたと認めたとしてもだ。お調べだけできっと解き放ちになる」

「親分……」

「そうだよ。倅の身の上を第一に考えてやるんだな。それでこそ母親というものだ。どうだ……認めるか」

「……」

「お春！……婆さん！」

「本当に、利助は上総屋を追い出される？……」

「当然だろうが」

「お調べだけで、本当に解き放ちにしてくれるんだね」

「二言はねえ。俺も十手を預かってかれこれ五年だ。嘘はつかねえぜ」

「……」

「息子を解放してやれ、お春……」

「分かりました。親分の言う通りにします」

お春は、唇を噛んで言った。

「初めからそう言えばいいんだって」

ひけらかしていた十手を腰に差し、以三は颯爽《さっそう》と立ち上がった。

だが、表の間への障子を開けて、以三の顔は凍りついた。

そこには見習いとはいえ上役の木村乙一郎が立っていて、しかも乙一郎の傍では、十四郎が若い町人の腕を摑んで立っていた。

「以三、おまえという奴は」

乙一郎が険しい顔で以三に言った。

「木村の旦那、お春は吐きましたぜ」

「馬鹿者、おまえは今日かぎり、岡っ引でもなんでもない。その十手は返すんだな」

「旦那……」

「橘屋の塙殿が、弥蔵を落とした者を捕まえてきてくれたのだ」

乙一郎は、十四郎の手から、消沈している若い男を、以三の前に突き出した。

「この男が弥蔵を殺ったのだ」

「まさか……」

「まさかじゃない。この者も弥蔵に脅されていたのだ。一応説明してやるから、よく聞くんだ」

乙一郎は、以三から十手を取り上げると、

「この者は、あの湯島の天神様の境内にある料理茶屋『花巻《はなまき》』の板前で半吉《はんきち》という者だが、博打《ばくち》場に通ううちに弥蔵と知り合いになってな。負けが込んだ時、弥蔵から金を借りた」

ところが、それが重なった時、半吉は弥蔵から、高利貸しで借金をするように迫られた。

三両が五両になり十両になり二十両になって、もう板前の手には負えないと知った弥蔵は、それを待っていたかのように花巻に現れて、半吉のつけで飲んだ。

それが、お春と会い、崖から転落する日の話だが、したたかに酒を飲んだ弥蔵は、店を出る時、半吉の耳に囁いたのだ。

「払えねえじゃあすまされねえんだ。どうだい、日銭稼ぎに、おめえの女房を貸してくれねえか。尻の稔《みの》ったいい女房というじゃねえか。今日とは言わねえけどよ。まっ、考えておいてくれ」

弥蔵はそう言うと肩を揺すって笑い、花巻を出たのである。

半吉が、弥蔵に似た酔っ払いが崖の際の広場で眠っていると聞いた時には、弥蔵が店を出て、一刻以上が過ぎていた。

まさかと思って半吉が駆けつけると、弥蔵は鼾《いびき》を掻いてそこに寝ていたのであった。

——今殺せば、この男に女房までとられることはない……。

半吉は、弥蔵の足を引っ張って、崖の上まで運んだ。

体を押した時、弥蔵が目を開けて何かを叫んだが、もう遅かった。

断末魔の声を引きながら、弥蔵は鈍い音を立てて、崖の下に落ちたのであった。

「そういうことだ。お春は無実だ」

乙一郎は厳しい顔で言った。

「お春……」

十四郎が手を差し伸べると、お春は何度も頭を下げて、十四郎の手にしがみついてきた。

お春の足は、思うようには動かないようだった。

「縛られていたのか」

「なんのこれしき」

お春は明るい声を上げたが、十四郎の手のぬくもりに、胸を熱くしたようだった。

「じゃあ、木村殿。お春は連れて帰るぞ」

「本当に申し訳なかった。お春、許してくれ」

乙一郎は若者らしく、悪びれずに頭を下げた。

十四郎は、お春を抱えるようにして、表に出た。

夕闇が迫っていたが、このごろでは珍しい暖かい風が吹いていた。

「足元に気をつけろ」

十四郎に注意されて、頷いたお春の前に、

「おっかさん」

利助が立っていた。

「利助……利助、おまえ、こんなところに来ちゃ駄目だ。早くお帰り」

お春は叫んだ。

「お春さん、その必要はありません。これからは上総屋に遠慮は無用にして下さい」

横合いから上総屋武兵衛が姿を現した。

「上総屋さん」

お春は、十四郎の手を解くと、深々と頭を下げた。

「お春さん、お手前のご亭主も亡くなられたようですが、私の女房も亡くなりました。もう二年になります。どうですか、そういうことですから、この子には母親が必要です。気が向いた時には遠慮なく上総屋に来て下さい。そしてこの子を存分に躾《しつ》けるなり叱るなりしてやって下さい」

「上総屋さん」

上総屋武兵衛は、にこりと笑って、

「今日の日を迎えられたのは、そちらにいる塙様やお登勢さんのお陰です。お互い忘れないように致しましょう」

「上総屋さん……」

「私はここで失礼しますが、おうちまで利助に送らせます。利助、それじゃあね」

武兵衛は利助に言いつけると、十四郎に頭を下げて帰っていった。

「おっかさん、寒くないかい」

利助の声だった。

母を労る優しい声に、

「利助、あとは頼むぞ」

十四郎は背を向けた。

じわりと十四郎は、えも言われぬ感慨を覚えていた。

第四話　残る雁

一

「お登勢殿……」

十四郎が二度呼んでも、お登勢は振り向いてはくれなかった。

「ふむ……」

十四郎はためらいながらも、お登勢の肩を、後ろからぽんと叩いた。

ぎくりと振り返ったお登勢は、

「あらっ」

笑みをつくって十四郎を見返したが、その笑みの下には、知られたくないことを知られてしまった時のような、明らかな動揺が見えた。

けた。

黒い瞳が濡れているではないかと思った。

お登勢はすぐに、長い睫《まつげ》を伏せて濡れた目を隠し、くるりと十四郎に背を向けた。

——おや……。

襟足の長い細い首が、十四郎の目を奪った。

お登勢は先程からじっと境内に見入っている。十四郎もお登勢の肩越しに覗いてみた。

お登勢が夢中になって見ていたのは、海辺《うみべ》橋の南袂にある万年《まんねん》稲荷という小さな稲荷社の祭礼初午《はつうま》の日の笛と太鼓であった。

ヒューヒャラヒャラ、ドンドンドドドン……。

単調だが迫力のあるその音色は、今日は府内のちょっとした所でも響いていた。

初午とは、二月初めの午の日のことをいうが、二の午、三の午と府内にある五千とも六千ともいわれている稲荷社がいっせいに祭礼を執《と》り行うのだから、その賑やかなことといったらない。

祭りといえば一般に、武家は関係ないものだが、この稲荷の祭りだけは様子が違った。

町の大きな稲荷社はむろんのこと、辻にある稲荷や、長屋の路地や商家の庭にある稲荷、武家屋敷の中にも稲荷は造ってあったから、皆それが一斉に示し合わせたように祭りを行う。

初午の日は、武士も町人もない、江戸中が祭りであった。

ただ、どちらかというと子供の祭りとしての色合いが強かった。

しかし、大人が参加しないというのではない。

町内の事情により、稲荷社の規模により、祭りの形態は様々だった。

いずれも笛や太鼓や神楽《かぐら》などで、祭りを盛り上げた。

この万年稲荷の笛と太鼓も、大川《おおかわ》の通りから仙台堀に入った途端、堀の水路を駆け抜けてくるように、突然大きく聞こえてきた。

稲荷の境内は三十坪ばかりだが、鳥居の左右には幟《のぼり》を立て、周りには地口行灯《じぐちあんどん》を掛け連ね、社には赤飯、油揚げをはじめ、様々なお供え物を捧げてあり、笛太鼓は境内のわずかな空き地で鳴らしているのだが、その音に集まる人々は、鳥居の辺りでもう一杯になっていた。

お登勢も人垣を作っている一人であった。

確かに、太鼓を叩いている男児の顔ぶれを見れば、たいがいが町内でもやんちゃで通っている子供たちで、それが大まじめな顔をして太鼓を打っている様は、日頃その子供たちを知っているだけに、心を打つ光景ではあった。

「何だ、万吉がいるのか」

十四郎は太鼓を打つ子供たちの傍らで、撥《ばち》を打つ真似をして踊っている万吉を見た。

しかし……。

お登勢が目を潤ませる程のことかと、十四郎はお登勢の様子に戸惑っていた。

「ええ……この町では十一、二歳の男の子が太鼓を打つと決まってるんです。万吉も来春には太鼓のお役が回ってきますから、今からはしゃいで……」

お登勢は背中を向けたまま言った。

万吉は浅草寺の境内で拾われた男の子だが、奉公人の一人である。その子に、町内の子供たちと同じ暮らしをさせてやろうとするお登勢の心根には感服するほかない。

「そうか、来年が楽しみだな」

相槌を打った時、

「徳兵衛《とくべえ》が、どんなに喜んでいるかと思うと……」

お登勢は呟くように言い、すぐに息を呑み込んだ。

「徳兵衛……ああ、亡くなったご亭主のことか」

思わず十四郎も聞き返す。

お登勢は返事をしなかった。押し黙ったまま前を向いている。

――そうか、お登勢が浮かべていた涙は、亡夫の徳兵衛を偲《しの》んでのことだったのか。

突然、十四郎の前に、お登勢の亭主の影が立ちはだかった。

十四郎は立ち入ってはいけないところに踏み込んだような戸惑いに襲われた。

俄《にわ》かに胸の奥が騒ぐのが分かった。

十四郎は、お登勢の亭主については何も知らない。

知らないだけに、その幻影は果てしなく大きく、とても太刀打ちできない存在だと思っていた。

お登勢とは心を通わせた仲である。

互いに信頼しあい、愛しく思っている仲だと自負していた。

しかし、こうして亡くなった亭主が目の前に立ち現れて、改めてお登勢との仲を確かめてみると、どうにもその自負も頼りないのであった。

お登勢がたちまち遠くに離れていったような迷いに襲われる。

嫉妬だとは思いたくなかった。

嫉妬と感じたその瞬間から、自分が卑屈《ひくつ》になっていく。こう見えても武士の端くれだという矜持《きょうじ》がどこかにあった。

つい口走ったお登勢の言葉……十四郎にとっては少なからず衝撃を受ける言葉ではあった。しかし、一方で自身も許嫁だった雪乃《ゆきの》とのことを思い起こせば、相手を失った悲しさは分かろうというものである。

そこまで考えた時、十四郎はむしろ、逆にお登勢の亡くなった亭主のことをもっと知りたいという思いに駆られた。

詮索はすまい。そう一線を引いてきた十四郎の胸中に、思いがけない変化が生まれた。

ふいにお登勢が振り返った。

はて……。

お登勢の瞳には、もう涙は消えていた。

お登勢は人垣の中を離れて通りに出た。

十四郎も同じように通りに出て、二人は肩をならべて、橘屋に向かった。

背後から稲荷の笛と太鼓は、切れることもなく聞こえてくる。

「忘れよう忘れようと思って生きてきましたけど、うまくいかないものですね」

お登勢はぽつりと言い、苦笑してみせた。

「気にすることはない。当然の感情だ」

「ええ……時々、なぜここにあの人はいないのかと、不思議に思う時があるんです。亡くなったことは分かっているのに、納得しているはずなのに、あの人は今どこでどうしているのかと、そんな馬鹿なことを考えるのです」

「ふむ……無理に忘れることはない」

「こんな話、十四郎様にはしたくなかったのですが」

「お互い様だ。誰にだって忘れられぬものはある。この俺とても……」

「ええ……」

お登勢は、白い道を踏む自身の足元を見詰めながら歩いていたが、橘屋の前まで来るとふと立ち止まって、

「十四郎様……十四郎様の言葉で気持ちが楽になりました。わたくし、見ていただきたいものがございます」

静かに言った。

「これでございます」

橘屋に戻ったお登勢が、十四郎の前に出してきたのは、西陣の綴織《つづれお》りの細長い袋であった。

「徳兵衛と祝言を挙げてまもなくのことでした。こちらに持って参りました荷物の中に忍ばせてきた裂地《きれじ》の中からこの綴を選びまして、わたくしが袋に縫ったものでございます。中にはごらんの通り太鼓の撥が入っておりまして……」

お登勢は説明しながら、袋の中に入っていた二本の撥を取り出して袋の傍に置いた。

撥はよく磨かれて光っていた。

手で摑んでいたと思われる部分が、かすかに黒ずんでいるのが分かった。

「これはご亭主の？」

「はい。あの人はこの辺りでは太鼓の名手といわれていました。富岡八幡宮の大祭には、選ばれて太鼓を打ちに行ったものです。町内の稲荷で打つ子供たちのあの太鼓も、夫が手解きをしたものでした。その太鼓の音が、年々受け継がれて、ああして子供たちが嬉々として打っている。その姿を見ますと、ふっと夫のことが思い出されて……」

お登勢は、撥を取り上げると、慈しむように撫でながらしみじみと言った。

その瞳には、夫を失ってからの長い歳月を一足飛びに飛び越えた想いが見えた。

「お登勢殿。無理はなさらぬことだ。思い出してあげることも供養ではないか」

「十四郎様……」

「この世で一番自分の身近にいた人がいなくなったのだ。忘れることはできぬよ」

「ええ、それはそうなのですが……実はこの撥も袋もなくしてしまってもう五年にもなりますでしょうか。すっかり諦めて久しかったのですが、去年の暮れに八幡様の境内に立っていた古道具市を見て回っていた時に、『数寄屋《すきや》堂』という古道具屋さんで偶然見つけたんです」

「ほう……なくしていたものがな」

「本当にびっくり致しました。五年前に亡くなった夫は、病床でずっとこの袋と撥のことを気にかけていたのですが、どこでなくしたのか思い出せぬまま、私にすまぬと言って亡くなりました。それが今頃、偶然とはいえ思いがけない所から出てきたのです」

「お登勢殿の思いが呼び寄せたのかもしれぬな」

「ええ、お店の方に、どんな人からこの撥を譲ってもらったのかと聞いてみたのですが、持ち込んできた人は、ずっと前にさる船頭からもらい受けたものだと、そう言ったらしいのです。でも何故船頭さんがこの撥と袋を持っていたのかと……夫が船頭さんになど譲るはずもございませんし、狐につままれたような心地で」

「盗まれていたのかもしれぬ」

「ええ……でも、どうあれ、こうしてわたくしの手に戻ってきたことを考えますと、ひょっとして夫が、あの世からわたくしに何か言い残したことでもあるのだろうかと、そんなことも考えまして、落ち着かない気持ちです」

お登勢の言葉を聞き、十四郎はどきりとした。

亡くなったお登勢の亭主は、ひょっとして、十四郎と心を通わせるようになったお登勢をあの世から諫《いさ》めているのではないかと、そんな気がしたのである。だが、

——いや、何かお登勢に訴えることがあるのなら、もっと別のことではないか。とも思った。

そもそもお登勢とのことは、諫められるほど没義道《もぎどう》の仲という訳でもないではないか。

「供養をしてやることだ。そのうちに何か思い出せるかもしれぬぞ」

「ええ、そうですね、そうします。それがいいでしょうね」

お登勢は、自分に言い聞かせるように呟いた。

十四郎は、十四郎の知らないお登勢と亭主徳兵衛との間にあった絆の重さを目の当たりにして、ずしりと何かを突きつけられたような気がした。

正直なところ、もっと知りたいという思いにとらわれたものの、十四郎の心は冷水を浴びせられたような気分になっていた。

雪見の船で、お登勢と酒を酌み交わしたのは、ちょうど目の前にある撥が見つかったころと符合する。

それを思い出したのであった。

二

橘屋に駆け込みがあったのは、初午の祭りがすぎてまもなくだった。

水茶屋『三ツ屋』が年々歳々、料理屋として重宝されだしたこともあって、今年から板場の外に生簀《いけす》を作り、より新鮮な魚を食してもらおうということになった。桶職人と打ち合わせをしたお登勢から、さざえが入ったからと誘いがあって、十四郎と金五が、二階の小座敷で一杯やっていたところだった。

さざえは三月の節句までは市場では高値で取引されていて、二月早々に食することなど、十四郎などは滅多にない。

お登勢は自ら苦焼《にがや》きにして、せっせと二人の皿に出してくれたし、板前はさざえを湯煮にして表面の黒みを取り除き、小口に切った平鰹《ひらがつお》と交互にいれ、だし醬油を注いで焼く壺煎《つぼい》りを出してくれた。

それと、十四郎の好物の豆腐料理。この日は、凝固させたばかりのふわふわの豆腐を鍋に煮立たせてしばらく置き、網杓子《あみじやくし》でこれをすくい、芥子《からし》を添えた葛《くず》だまりで頂く朧《おぼろ》豆腐であった。

昨年の秋に採れたのを縁の下に保存していた栗を使った栗飯もあり、たっぷりと頂いたところへ、橘屋の女中のお民が、駆け込みがあったと走ってきたのであった。

暮六ツはまもなくかと思われる刻限で、西の空が茜色に染まり始めた頃だった。

十四郎たちは急いで橋屋に戻った。

駆け込んできたのは相生町《あいおいちょう》一丁目の一《ひと》ツ目之橋《めのはし》の袂にある茶屋『水月《すいげつ》』で働いているお光《こう》という女だった。

まだ二十歳そこそこかと思える面差《おもざ》しだが、顔には張りも艶もなく、疲れ切っているような、どこか投げやりな感じがする女だった。

お光に付き添ってきた中年の女は、馬喰町にある旅籠『巴屋《ともえ》』の女将でお浜《はま》といった。

十四郎たちが橋屋に帰るまでは、藤七が二人の相手をしてくれていて、藤七がそこまでの大ざっぱなお光についての話を説明した。

お光は、魂の抜けたような表情で終始俯《うつむ》いて聞いていたが、お浜の方は、藤七の説明が終わるのを待っていたように、

「お光ちゃんは水月に勤める前は、うちで働いてくれていた人で、ずっと相談にのってきていたんです。でも、あんまり亭主がひどいものですから、見るにみかねてこうして付き添ってきたんです」

身を乗り出すようにして言った。

「ご亭主は何をしているのですか」

お登勢は、長火鉢に炭を足しながら、ちらりとお光の横顔を見て言った。

「日雇いですよ。まったく、いい腕がありながら、お光ちゃんに頼りっ放しで、お光ちゃんのお給金があるうちは、小金を賭けて博打ざんまい、手元に一銭もなくなって、やっとその場凌ぎの日雇いに出るんですよ」

「いい腕とは、何を？」

お登勢は、そつなく順々に聞いていく。

「下駄職人なんですよ。もっとも親方に勘当されているんですけどね」

答えるのは、お浜であった。

「そう……たいへんね」

「たいへんってもんじゃないんですよ。自分のぐうたらは棚にあげて、お光ちゃんの働きが悪いって殴るんですから。これ、見てやって下さいな」

お浜は、俯いているお光の腕をぐいと引っ張って、その腕をまくった。

おびただしい痣が見えた。

「腕だけじゃあないんですよ。胸にも、背中にもありますから」

「何が原因なんだ」

金五が酔眼《すいがん》を見開いて聞いた。

「何が気に入らないのか。この人には、たった一人、血の繋がった兄さんがいるんですけどね。その兄さんに家の金を運んでいるだろうって、そんなことも言い出して」

「ふむ。焼き餅じゃないのか」

「お役人様、この人の兄さんは病気なんですよ」

「何……」

「お見舞いに行くのは当然じゃないですか」

「ふむ」

「まあ、とにかく、あんな男は滅多にいませんよ。私のところから、水月さんにかわったのだって、向こうの方がお給金が倍はあるなんて吹聴《ふいちょう》して、むりやり連れていったんです。そりゃあ、うちは田舎の人をお泊めする宿ですから、給金は安いですがね。でも、水月さんでは男の方に、色気のいの字くらいはお愛想もしなくちゃならない……可哀相なのはお光ちゃん。今にあの男は、お金欲しさにお光ちゃんを女郎屋に売りかねません。そうなってからでは遅いんですから」

「とんでもない亭主だな……亭主の名は」

「半之助《はんのすけ》といいます」

「何だ？……役者みたいな名をつけて、十四郎、おぬし、腕の一本も捻《ひね》ってやれ」

「お役人様、半之助は確かに顔や形《なり》は役者のようですが、いつも懐に匕首を呑んでいる恐ろしい人です。いつぞやもご浪人と喧嘩してやっつけたんだって自慢してましたからね」

「案ずるな。この橘屋のお登勢と、この用心棒に任せてくれれば、そんな男はこの江戸におられぬようにしてやるぞ」

金五は酔いの勢いで、無責任なことを言い、格好をつけて扇子を振り回してお浜に言った。

「私、駆け込みなんて、もうやめにします」

突然、それまで黙って聞いていたお光が顔を上げた。

お光は、険しい目でお登勢をちらりと見て、唖然と口を開けたままのお浜を尻目に、

「この話はなかったことにして下さい」

吐き捨てるように言った。

「何……お浜、お光は今なんと言ったのだ」

金五が顔色を変えた。

「お光ちゃん、何を言うんだい。あれほど泣き言を言ってたじゃないか」

「とにかく、こちらにお願いするのはやめます。したくありません。気が変わりました」

お光は、座を蹴るようにして立ち上がった。

「ちょっと待ちなさいよ。失礼じゃないか。私の立場も考えなさいよ」

「女将さんには悪かったけど、こんな結構な構えをした家で、高そうな着物を着て、訳知り顔で澄まして座っている人が、私なんかの苦しさなんて理解できるはずがないんだから……こんな女《ひと》がこの宿の主だなんて知っていたら、私、最初からここには来ません」

お光は、お浜の制止を振り切って、飛び出すようにして去っていった。

つむじ風が吹き抜けたように、残された者たちは呆然としていた。

「女将、これはどういう訳だ」

金五は怒りを露《あらわ》にした。酔いも醒めたようだった。

「申し訳ありません。私にも訳が分からないのです。あんな子じゃないのに……改めて、お詫びに参ります」

お浜はそれだけ言うと、あたふたと帰っていった。

「まったく、なんていう女だ」

金五は、ずっと同じ台詞を言い続けていた。

今夜は諏訪町の女房殿、千草のところに帰るという金五と連れ立って橋屋を出てきた十四郎だったが、両国橋の東詰にある飲み屋に、飲み直しをしようと入ってからも、金五の怒りは収まりそうもない。

「あれは何だ。ひやかしか?……あんな女は俺も初めてだ」

「いや、金五、端《はな》からひやかしではなかった。俺にはそう見えた。それが途中で変わった。何故だと俺はずっと考えていたのだが、やっぱり、どう考えても、おぬしがお登勢殿の名を出した時、あの時からお光の態度が変わったような気が俺はするのだ」

「何……お登勢の名を俺が言って、それからだ?……どうしてだ」

「分からん。分からんがあの変わり様はただごとではない。お登勢殿に遺恨でもあるのかと思うほどだった。しかし、お登勢殿の方は気づかないだけで」

「馬鹿な、それなら最初から来なければいい」

「お登勢殿が橘屋の主と知らなかったのだ」

「しかし、お登勢の方は初対面だという顔だったではないか」

金五は何を言い出すのかというような顔をして、親父が運んできた酒を、二人の盃になみなみと注いだ。

「忘れよう、あんな女のことは……飲み直しだ」

金五はぐいと飲んだ。

十四郎も、盃を傾けながら、あの時のお登勢の不安な表情を思い浮かべていた。

ただ、金五にはお登勢は何も告げなかったが、十四郎と金五を玄関まで送ってきた時、十四郎にだけは小さな声で、

「どこかで会ったような気がするんですが、思い出せません」

呟くように言ったのである。お光の態度には、相当衝撃を受けたようで、漠然とした記憶の中から、必死にその記憶を探り出そうとしているかのようだった。

訳も分からず、罵《ののし》られるような言い方をされたお登勢が気の毒だった。

「あんまり気にしないことだ、忘れなさい」

強い口調でお登勢に言ったが、十四郎はお登勢の様子が気がかりだった。

先日突然見せられた西陣の綴織りの袋もそうだが、お登勢には近頃心悩ますこ

とが多い。

——どうすれば、お登勢の力になってやれるのか。

そこまで考えて苦笑した。

もはや単に、糊口《ここう》を凌ぐために橘屋に雇われているというだけの身分を忘れて、お登勢の心の平穏を気遣っている自分の姿に気づいたからだった。

「まっ、何かの思い違いがあるのかもしれぬ。それとなく調べてみるか」

橘屋の玄関を出たところで、振り返ってお登勢に言った十四郎である。

するとお登勢は、ぜひお願いしますと頷いたのである。悲しげな表情だった。

お登勢は罵倒された悔しさ以上に、あんな風に乱暴な偏見を自分にぶつけてくるお光という女の身の上そのものが、気がかりのようだった。

お登勢とは、そういう女だった。

お光という女は、大きな考え違いをしていると思った。

きちんとお登勢がどんな人間なのか知っている者なら、あのような悪態はつかぬ。

ただもし、お登勢を恨む者がいたとしたら、これまでの駆け込みでむりやり離縁させられた男の身内ぐらいであろう。

しかしそれなら、お浜が仔細に語ってくれたろくでなしの亭主の話が本当だとしても、お光が橘屋にやってくるはずがないとも思える。

——お光を調べてみるほか、この謎を解決する方法はないな。

ようやくそこに考えが行きついて顔を上げた時、金五が突然盃を伏せた。

慌てて、はあはあ息を吐いて、その息を手であおいで払っている。

「どうかしたのか」

「親父、水、水をくれ。たくさんだ」

体を捩《ね》じって店の親父に叫ぶと、

「忘れていたのだ」

頭を掻いた。

「何をだ……」

「千草に会いに帰る時は酒は駄目だということをだ。酒臭いと叱られる」

「金五……」

十四郎は笑った。

「馬鹿、笑うな。おぬしも妻帯すれば俺を笑えなくなる。この世で女房ほど怖いものはない」

「まさか」

「本当だって」

「あれほどぞっこんだったのに、もうそこまで行ったか」

「それとは別だ。うん、ぞっこんだから怖いのかな」

金五は小首を傾《かし》げてみせた。

「まっ、そういうことなら、今夜はこれでよそう」

「すまんな」

「何、金五さんのためだ」

二人は冗談を飛ばしながら、店を出た。

両国橋を渡って、北に向かう金五を見送って、長屋に引き揚げようとしたその時、後ろで聞いたことのある声がした。

甘えた女の声だった。

ふっと振りかえると、橋の袂で男の首に白い腕をまわしている女が目に留まった。

橋袂の石灯籠の灯の流れる辺りに、その二人はいた。

恰幅のよい商人体の男の体に、女は体をこすりつけるようにして、男の耳元になにか囁いていた。

男が笑って頷くと、女は弾けるように喜びを表して、体を離して今度は男の腕に、しがみつくように自分の腕をからませた。

向こう向きだった女の顔が反転して白い顔が見えた。

——お光……。

思わず声を上げそうになった。

商人体の男は、懐から財布を引き出すと、いくらかの金をお光の掌に落としたようだった。

その額がどれほどのものだったのかは分からなかった。

だがお光が、嬉々とした顔を上げて、もう一度男の首に手をまわし、唇を突き出したのを見て、少ない額ではなかったのだと十四郎は思った。

三

「まあまあ、これは塙様、本当にこのたびは申し訳ないことでございました。どうぞ……橘屋さんのような立派な宿ではございませんが、お上がり下さいませ」

巴屋の女将お浜は、気の毒なほど恐縮して、十四郎を迎え入れた。

確かに宿として、橋屋に比べれば各段の差があったが、小綺麗に掃除も行き届いていて、古いとはいえさっぱりとして泊まり心地は良いように思われた。

「まだ寒うございます。どうぞ、火の近くにお寄り下さいませ」

お浜は、帳場を年老いた番頭に頼むと、台所の隣にある座敷に十四郎を招き入れて、湯の滾《たぎ》っている長火鉢の前に座を勧めた。

「お里《さと》ちゃん、お茶を下さいな。上等のお茶にしてね」

お浜は腰を浮かして、隣の台所に声をかけた。

「はーい」

と明るい女の声がして、カタカタと下駄の音がしたかと思うと、

「ごめん下さいませ」
十七、八歳の若い女中が入ってきた。
田舎から出てきたばかりなのか、黒い肌をしていたが、純朴な感じがして、印象の良い娘だった。

「どうぞ、ごゆっくり」

女中が下がると、お浜は太い溜め息を吐き、

「お光ちゃんもうちで働いていた時には、今のようではなかったんですが、半之助とかいう訳の分からない男と一緒になった頃から、おかしくなりましてね。せっかく、橘屋さんに連れていったのに、あんなことでこの先どうするのかと、案じているのです」

しみじみと言った。

「女将、俺はあの日の晩遅く、お光を両国橋の袂で見かけたのだが……」

十四郎が言葉を濁すと、

「そうでしたか……ご覧いただいたのならお分かりでしょうが、もう私の手には負えませんね。転げ落ちるのを見ているしか手立てはありません」

「お登勢殿も心配している。よほどの事情があるに違いないとな……」

「ありがとうございます。さすがはお登勢さん、噂どおりのお方でございますね。それなのに、いくらなんでも、当の本人があれでは、お願いもできませんよ。不運な星の下に生まれた兄妹ですよ」

「お登勢殿は、お光にどこかで会ったような気がするなどと言っていたのだが」

「ああ、それはおそらく、深川に住んでいたことがあったからではないでしょうか」

「深川の何処だ」

「材木町に住んだことがあると……塙様、これはここだけの話として聞いていただきたいのですが、町を追われて、逃げるようにこっちに移ってきたといいますからね。お光ちゃん、よっぽど辛いことがあったんだと思いますよ」

「ここで働き始めたのはいつのことだ」

「五年前ですね。お光ちゃんは十五歳だったと思います。ところが十八の時、どこで知り合ったのか半之助という男と所帯を持って、半年もたたないうちに亭主が女房の給金を取りに来るようになりましてね。私、説教してやったんですよ。最初にこの給金を手にするのはお光ちゃんだって、あんたじゃないでしょって……そしたら、まもなくでしたよ。水月に移ってしまったんです。ほんと、ここ数年の間に、お光ちゃん、すっかり変わってしまってね。それでこの間、ここに呼びつけていろいろ聞いたんです。そしたら、別れられるものなら別れたいって泣いたんですよ」

「ふむ、それで橘屋に」

「はい。私などが中途半端に中に入っても、あの男は聞き入れるような人じゃありませんから」

「しかしそれだけのっぴきならぬ事情になっていながら、あの豹変ぶりはどうした訳だ。なぜあの場で席を立ったのだ」

「私にも見当がつきません。どうしてなんだって聞きたいところだけど、何しろあれ以来こっちにも来ないんです」

「お光夫婦の住まいはどこだ」

「小伝馬上町《かみまち》の千代田《ちよだ》稲荷の裏側にある長屋です」

「すると、兄というのはどこに住んでいる」

「お光ちゃんがうちに来ていた時には、すぐ近くの長屋に兄妹で住んでいたんですよ。でも所帯をもってしばらくしてから、兄さんの惣次郎《そうじろう》さんは余所《よそ》にうつっていきました。半之助には教えないでくれってお光ちゃんには厳しく口止めされているんですが、六間堀町《ろっけんぼりまち》の裏店だとか言っていました。お光ちゃんは稼いだ金で、別れて暮らす兄さんの暮らしも支えているようです」

「それを亭主に知られたくない……」

「ええ……亭主に見つかったら何されるか分からないって言ってましたから、大川のむこうなら、亭主の手も及ばないって考えたんじゃないでしょうか」

お浜は、また大きな溜め息を吐いた。

十四郎の脳裏に、給金だけでは足りず、客に媚《こ》びを売って金をもらい、粗暴な亭主の目を盗んで、兄のところにひた走るお光の姿が浮かんだ。

それは、先日橋屋で見たお光とは似ても似つかぬ、懸命に兄を思うお光という女の別の顔だった。

十四郎が、尾《つ》けられていると気づいたのは、小伝馬上町のお光の長屋を出てきてまもなくだった。

――お光の亭主、半之助に違いない……。

振り返ったが、行き交う人の中に、それらしい人物は見当たらなかった。

もっとも十四郎は、半之助の顔を知らない。知らないが状況から考えて、今、自分を尾けている人間は、半之助をおいて他にはあるまいと考えた。

ただ、駆け込みがらみで十四郎を恨んでいる者もいないとも限らない。しかし過去に面識さえある者ならば、振り返ったそこにその姿があれば思い出せるはずである。

十四郎は、背後に気を配りながら、先程長屋で会ったお吉《きち》という女房の話を思い出していた。

お吉は、十四郎がお光の長屋を訪ねた時、

「お光ちゃんなら出かけているよ」

井戸端で教えてくれたが、洗っていた大根を桶の中にほうり込むと、思い出したように十四郎の袖を引っ張って、自分の家に招き入れたのであった。

「旦那、旦那はお光ちゃんの味方のようだから話すんだけど、可哀相なんだよ、お光ちゃん」

お吉は眉をひそめると、お光の家を顎で指して、

「亭主はさ、いるのかいないのか、いつ戻っていつ出かけていったのか分からないような男だからね。表で話しているのを聞かれでもしたら後でたいへんなんだから、だからここに入ってもらったんだけど、今にお光ちゃん、殺されるんじゃないかって心配してるんですよ」

「亭主はそれほど凶暴なのか」

「お光ちゃんの兄さんは体の自由がきかないらしいんですよ、病気でさ……それを看病に行かせないばかりか、お光ちゃんが稼いできた金は、全部巻き上げるんだから……で、気に入らなかったら殴る蹴る……。長屋中に聞こえるんだから、悲鳴が……」

「……」

「お光ちゃんの話では、子供の頃はいい暮らしをしていたっていうのにさ、一寸先は闇ってこのことだよね」

「いい暮らしをしていたというのは深川での話かな」

「深川?……場所は知らないけど、父親が亡くなったら借金がたくさんあったみたいでね。兄さんと苦労をして返済してきたらしいですよ。それだけにほっとけないんでしょう、兄さんのこと……旦那、旦那はいい人らしいからお願いするんだけど、救ってやって下さいな」

お吉という女は、心からお光を心配しているふうだった。

――お光は、亭主と別れれば幸せになれる……それなのになぜ、お登勢に悪態を吐いて、座を立ったのか……。

お吉が言うように、お光は亭主の傍を一刻も早く離れたいはずなのに、あんな罵声をお登勢に浴びせかけるのは、お登勢の知らないところで、お光はお登勢によほどの恨みを持っているに違いない。

お登勢のためにも、そこをはっきりさせなければと、十四郎は考え始めていたのだった。

——兄の惣次郎に会えば何か分かるかもしれぬ。

そうは思ったが、尾けられている以上、惣次郎のところに寄るなどと迂闊《うかつ》な真似はできぬと思った。

尾行する男の正体を摑むために、十四郎は回向院《えこういん》に立ち寄って、境内で行われていた骨董品、古道具の市を眺めたのち、回向院を出た。

正門の松の木に身を隠すと、回向院から縞柄の着物を着た二十四、五歳の遊び人風の男が出てきた。男は左右を確かめ、舌打ちしながら、あっちに走りこっちに走りして、明らかに誰かを捜していた。

十四郎が隠れている木の傍に、その男の背が立ち止まった時、

「半之助」

声をかけると、ぎくりとして振り返り息を呑んだ。

切れ長の冷たい目が、男の粗暴さを物語っているような、険悪な顔をした男だった。

「お光の亭主、半之助だな」

十四郎が念を押すと、無表情な青白い頰がぴくりと動き、次の瞬間、声もたてずに十四郎に飛びかかってきた。

その手元に、きらりとした物が光ったのを、十四郎は見逃さなかった。

十四郎が、体当たりの寸前にひょいと躱《かわ》すと、半之助はすぐに体勢を立て直して、腰を落とした。

女の叫ぶ声が上がり、喧嘩だなどという男の声が上がると、野次馬が二人の周りに集まってきた。

半之助は、微かな冷たい笑みを浮かべると、

「お光のことにかかわるな。余計な真似をするんじゃねえ」

低い声だがどすのきいた言葉を残して、ひらりと人込みの中に消えた。

十四郎は踵《きびす》を返して、再び回向院の境内に入っていった。

本殿の手前左手にはたくさんの掛茶屋が店を出しているが、その同じ広場に市が出ていた。

十四郎は、その一軒の前に立った。

俄作りの看板の半紙には『数寄屋堂』と書かれてある。

莫蓙の上に並べてあるのは、耳の欠けた狛犬《こまいぬ》の首や、古い茶釜、茶碗や掛け軸など雑多な物である。

莫蓙の真ん中で、主が所在なげに座っていたが、

「おまえの店かな、去年の暮れに富岡八幡宮で店を出していた数寄屋堂は」

「へい」

主は怪訝な顔を向けた。

四

十四郎が、一人の船頭を伴って橘屋に帰ってきたのは、その日の夕刻だった。

「お登勢殿、この男が五年前にご亭主の撥が入った袋を拾った者だ。名を三吉《さんきち》という」

十四郎が紹介すると、船頭の三吉はぺこりと頭を下げて、

「お初にお目にかかりやす。手前は深川の木場《きば》辺りを回っている流しの船頭で三吉と申しやす」

帳場の裏の板間の部屋に、膝小僧を揃えて座った。

「あなたが、あの撥を……」

お登勢は思いがけない客の出現に驚いて、すぐに仏間に走って、仏壇に供えてあった袋と撥を胸に抱えて戻ってきた。

「あなたが拾ってくださったのは、これに間違いございませんか」

三吉の前に置いた。

「へい。間違いございません。あっしが五年前に拾いました。あんまり美しい袋でございましたし、中に入っている撥もなんだか値打ちのある物に思えましたので、ずっと手元に置いてあったものです。ですが、倅が通っている手習いの師匠に暮れの挨拶をする銭がねえ。それでこれを知り合いの数寄屋堂さんに持ち込んだのでございます」

「どこでこの撥を拾ったのですか」

お登勢は膝を乗り出すようにして聞いた。

「富岡橋《とみおか》の下です」

「油堀《あぶらぼり》の？」

「へい。あの日は佐賀町《さがちょう》の会所に油を運んでいたんですが、橋の下を通り抜けた時、橋の上から落ちてきたんです」

「まあ……」

「見上げたら、そうだな、十五、六歳と思える娘さんが、橋の上から覗いていましてね、あっしと目が合うと門前町の方に逃げていったんでさ。その慌てぶりから、ああ、投げ捨てたんだと思いやした。まさかこちらの旦那様のものだったとは……」

「お登勢殿、その娘だが、覚えはあるのか」

「いいえ……でもとにかく、あなたのお陰で大切な物が戻りました。お礼を申します」

「とんでもねえ、あっしもお役にたててようござんした」

三吉はそれで帰って行ったが、お登勢から三吉は格別の心づけを貰って恐縮していた。

「十四郎様」

お登勢は三吉を見送ると、十四郎を仏間に呼んだ。

向かい合って座ると、

「三吉さんが言った十五、六歳の娘さんですが」

「覚えがあるんだな」

「ええ、おぼろな記憶なんですが、あの頃、夫の太鼓の相方を務めてくれていた人に妹さんがいました。夫から親友だと聞いていましたが、ひょっとしてその人の妹さんなら何かの拍子に撥を手に入れることができたかもしれません」

「投げ捨てて一目散に逃げた。悪意があっての振る舞いとしか思えんが……」

「十四郎様、悪意といえば、あのお光さん……もしやその人はお光さんだったのではないかと……」

「俺もそれを考えていたところだ。するとお光は、お登勢殿を覚えていたのに、お登勢殿は忘れていたということか」

「いえ、面と向かって会ったことはありません。兄さんの傍にいるのをちらっと見ただけでしたから……名前も知りませんでした」

「ふーむ、その妹がなぜお登勢殿を恨んでいるのだ」

「分かりません。見当もつきません」

「兄さんの方はよく知っていたのか」

「それは知っておりました。富岡八幡宮で太鼓のお稽古がある時に、何度かお会いしました。名は惣二《そうじ》さんといったと思います」

「惣二」

「はい」

十四郎が聞いているお光の兄の名は、惣次郎だった。

「何か、亡くなったご亭主と揉め事でもあったのか」

「いいえ……そういえば、撥がなくなってからすぐ、惣二さん兄妹の行方が分からなくなったと、夫は心配していました。二人の間に何かがあったとは思われません」

新たに湧いた愁《うれ》いにお登勢の顔は曇った。

ようやく平静に夫の死を受け止められそうになった時、夫の遺品にひょんなことから巡り合い、夫との生々しい記憶に連れ戻されたと思ったら、今度はその遺品に何か知ってはならない陰りが潜んでいるような雲行きなのだ。

その過去の陰りを十四郎の手で突き止めようとしている。そのことが、お登勢にとっては何よりも辛かった。

それは十四郎にとっても同じだった。

お登勢には微妙な変化が生まれているし、十四郎の方にも、どこかにお登勢に対して遠慮のようなものが生まれていた。

いつもならそこにいるだけで、互いの心が通じ合っているという安心感があったはずなのに、同じ場所に向き合っているにもかかわらず、紛れもなく二人は他人であるということを認識せざるを得ない状況にいた。心許ない思いに襲われているのであった。

「撥のこともお光のことも、お光の兄に会えば謎は解けるかもしれぬな」

十四郎はつとめて感情を押し殺してそう言うと、立ち上がった。


「ごめん……」

十四郎は、心細い灯が障子に揺れている家の前で訪《おとな》いを入れた。

六間堀町の裏店、惣次郎の住まいの戸口である。

建てつけの悪い古い長屋だった。

どの家も、家族が揃って夕食をとっている刻限で、路地に人影はなかったが、家々からは茶碗を置く音や食事中の会話が流れてきていた。

お光の兄惣次郎の家だけがひっそりとして、茶碗の音も会話もまったく聞こえてこなかった。

「ごめん」

十四郎は、もう一度声を出した。

「勝手に入ってくれ」

中から弱々しい声がした。

「おまえがお光の兄、惣次郎だな」

十四郎は土間に入ると、赤茶けた畳の上に、薄い布団を敷いて横になっている男に聞いた。

黴《かび》の臭いと男の臭いが、湿った部屋に漂っていた。

男はあやしむ顔を向けてきたが、十四郎の問いに否定はしなかった。

「俺は慶光寺の御用宿橘屋の雇われ者だが、おまえに聞きたいことがあって来たのだが」

十四郎が説明を終わらぬうちに、

「橘屋の……」

惣次郎の顔色が変わった。

「そうか、やはりあんたは、亡くなった徳兵衛殿の太鼓仲間だった惣二だな」

惣次郎は、こくんと頷いた。

「そうと分かれば話は早い」

十四郎はお光が駆け込んできた経緯や、また近頃、五年前にお登勢の夫がなくしていた撥が手元に戻ったものの、その経路を遡って調べていくうちに、お光らしき若い娘の姿が浮かび上がったことなども語ってやった。そして、なぜお光は、徳兵衛の撥を捨てるなどといった振る舞いに及んだのか、また先日の橘屋でのお登勢に対する憎悪を込めた言動の裏には何があったのか、惣次郎が、いや惣二が知っている限りのことを教えてほしいと詰め寄った。

長い沈黙があった。だがやがて、惣二が弱々しい声で言った。

「申し訳ない。すべて私のせいです。お登勢さんにはくれぐれも謝っておいて下さいまし。その上で、どうかお光のこと、見捨てないで力になってもらえませんか」

惣二は、半身を起こして頭を垂れた。

「ただすまぬと言われても、納得しかねるぞ。それに、お光のことだって、そこのところが曖昧《あいまい》では、手を貸してやりたくてもできぬ」

「分かりました。話します。話しますから、旦那、お光を助けてやってはいただけませんでしょうか」

惣二の顔には血の色が差し、臥せっている病人とは思われぬ心の高揚が見てとれた。

「分かった、約束する」

十四郎が頷くと、惣二は静かに語り始めた。

五年前のこと、富岡八幡宮の大祭にお登勢の夫徳兵衛たちと大太鼓を打つことになった惣二は、突然不幸に襲われた。

父の仁左衛門《にざえもん》は、材木町で広大な貸木場を持っていて、惣二たちは何不自由なく暮らしていたのだが、その父が突然亡くなったのである。

点検に出た木場で、丸太から池に落ちて即死した。

泳ぎは達者だったのだが、心の臓を病んでいたのが、命取りになったということだった。

惣二とお光の運命を変えたのは、父の死ではなく、父が残した借金だった。

人からも木場の旦那ともてはやされて、いい気になった仁左衛門が知り合いの材木商に貸した金が焦げついていたのである。

材木商は夜逃げをして、借金すべてが仁左衛門のものになっていたし、それが為に借りた高利の金が膨らんで、家屋敷を処分しても追いつかない金額となっていた。

深川にはもういられない状況になっていたのである。

惣二は思った。

せめて祭りの太鼓を存分に打ってから深川を離れたい。

長年徳兵衛たちと太鼓の稽古をしてきた惣二は、そう願った。

ところが、毎夜借金取りが押し寄せてきて、二進《にっち》も三進《さっち》もいかなくなった惣二は、友人の徳兵衛に借金を申し込もうと考えた。

だが、よくよく考えてみると、それだって一時凌《しの》ぎ、大切な友人との間にわだかまりを持つような話を持ち出したくなかった。

惣二は、祭りを前にして、深川を逃げ出すことを決心したのであった。

だが、まだ子供だったお光は納得いかなかったのだ。

兄と同じように太鼓の稽古をしている旦那や若衆たちは、なぜ自分たちと同じような目に遭わないのかと、世の不公平に小娘らしい怒りをぶつけた。

特にその中でも、様々な意味で恵まれた徳兵衛の存在は、お光の目には華やかなものに映ったらしい。

徳兵衛は、美しい妻を貰ったばかりで、有頂天《うちょうてん》に見えた。

散り果てて人の足に踏まれているのが兄の惣二の姿だとすれば、今を盛りに咲いているのが徳兵衛の姿だと、お光は兄に言うのだった。

惣二に引き比べて、徳兵衛の悠々たる姿は、小娘のお光の癇《かん》に障ったのである。

惣二が、親友の徳兵衛にも黙って深川を出ることになったその日、茶屋の床に撥袋を置いたままそこを離れて仲間と談笑している徳兵衛を見かけたお光は、ついその撥袋を摑み、走り出て、油堀に投げ捨てたのである。

後でそれを聞いた惣二は、お光を叱った。

「馬鹿なことを……おまえは、兄さんの一番大事な友に、とりかえしのつかないことをしたんだぞ」

叱ってみたが後の祭りだった。

考えてみれば、責めは、木場の跡取りとして父親が死んだあとの始末をうまくできなかった自分にある。自分の器量のなさが、妹をこんな思いに走らせたのだ。

才覚のなかった自分のせいで、可愛い妹をこれから貧しい生活に引きずり込むのだと思うと、振り上げた拳も行き場を失っていたのであった。

「以後、徳兵衛が亡くなったと風の便りに聞いた時にも、私は葬儀にも出られなかった。あれほどの親友だったというのに……落ちぶれた自分と妹の犯した過ちと……この二つの重い足枷《あしかせ》で身動きできなかったんです。旦那、そういうことだったのです。詫びにこそは行きませんでしたが、ずっと心の中では詫びていました。徳兵衛の擬が見つかってほっとしています。お登勢さんには、どうか、旦那からよろしく、お詫びを申して下さい」

惣二は頭を下げた。細い頼りなげな首筋だった。

「旦那、私の命もそう長くはありません。生きているうちに、私の気持ちを楽にしてやろうと、あの世から徳兵衛が、撥の袋をお登勢さんに戻るように仕向けたんです。きっとそうです」

自身で納得するような言い方をすると、突然惣二は腹を押さえて海老のようになって苦しみ出した。

「惣二……」

駆け寄って惣二の背を撫でたり叩いたりする十四郎に、

「旦那……いいんです。慣れてますから……」

惣二はしばらく苦しんだ後、ぐったりとして床についた。

「待っておれ。俺の知り合いの医者を呼んできてやる。何、この近くだ」

目をつむった惣二に言葉をかけて、急いで表に出た十四郎は、薄闇の中で佇《たたず》んでいるお光を見て、びっくりした。

「お光……」

五

「何するんですか、離して下さいよ」

お光は十四郎に摑まれた腕を振りほどこうとして抗《あらが》うが、男の力には勝てず、頰を膨らませて、話があるのはこっちだと大きな声を出した。

「それならばちょうどいい」

十四郎はお光の腕を摑んで六間堀に架かる北《きた》ノ橋《はし》をずんずん渡ると、北森下町に入った。

「放して下さいって、恥ずかしいじゃありませんか」

お光は小娘のように言い、

「旦那についてきゃいいんでしょ」

十四郎の後ろに従った。

まもなく、弥勒寺橋の袂にある柳庵の診療所に入った十四郎は、

「柳庵、すまぬが手が空き次第診てほしい人がいるんだが……」

患者は隣町の惣二という男で、症状はこれこれだと説明して、

「福助、それまで部屋を借りるぞ」

弟子の福助に断って診療所に上がった。

惣二のために手際よく医者を手配した十四郎に、一番びっくりしたのはお光だった。

先程までの反発はどこへやら、

「旦那……」

十四郎の前に座ると、

「兄さんのために、旦那はお医者を……ありがとうございます」

消え入りそうな声で頭を下げた。

「なあに、見るに見かねただけだ。お登勢殿もきっとこうしたろうと思ったからだ」

「まさかこんなお情けを頂くなんて。巴屋の女将さんを除いて世の中の人は皆敵のように思っていたのに……あたしたちだけが苦労をしているような、世の中から取り残されているような、死ぬまであたしたち兄妹だけが這いずり回っているような気がして、兄さんと時々言っていたんです。あたしたち二人は残る雁だって」

「残る雁？」

「ええ、お客さんから教えてもらったんですけど、春になって皆北に帰っていくのに、群れに入れてもらえなくなった仲間外れの雁や、傷を負ったり病んだりして北に帰れなくなった雁を、残る雁って言うんだって。それを聞いた時、まるであたしたち兄妹のようだと思いました。兄さんに話したら、寂しそうに笑っていましたけど、辛い時には残る雁なんだから仕方がない、二人で手を携えて生きるしかないのだと、言い聞かし言い聞かしして生きてきたんです。人には五年なんていう歳月はあっという間でしょうが、あたしと兄さんにとっては、何十年ものの感じがあります。兄さんの具合が悪くなっても、お医者にも診せてやることができませんでした。一度でも、一度でも、こんな立派な診療所のお医者様に診ていただくなんて夢のようです。このご恩は忘れません」

お光は、堰《せき》を切ったように十四郎に話した。

橘屋に現れたあの時のお光ではなく、逃げて逃げて、でも懸命に生きてきた女の健気な姿のお光がいた。

「お光、おまえは戸口で、俺と兄さんの話を聞いていたんだな」

お光は、頷いた。

「ではおまえが五年前にやったことがいかに子供じみた愚かなことだったか得心したな。もうお登勢殿への恨みなど捨てろ。なっ、お光……」

「……」

お光は急に口を噤《つぐ》んだ。

「お光！」

「旦那……」

顔を上げたお光を見て、十四郎ははっとした。

お光は、訴えるような哀切極まる目の色をしていたのである。

「お光……」

「旦那、兄さんは嘘をついてます」

「嘘……何が嘘なんだ」

「首が回らなくなって深川を逃げ出して……それはその通りです。でも、でも、逃げ出した本当の理由は、お登勢さんです」

「何……」

まだこの女は、そんな妄想から抜け出せないのかと、険しい顔で見た十四郎に、お光は弱々しい笑みを送ってくると、

「あたしは、この間までお登勢さんが橘屋の女将さんだなんて、知らなかったのです。五年前といえば、あたし、まだ子供でしたから、兄さんの友達の顔は知っていましたが、その人のおうちが何をしているのか、そんなところまでは知りませんでした。ただ」

お光はそこで、大きく息を吐くと、

「ただ、兄が恋い焦がれていた人が、徳兵衛さんの新妻だったことだけは知っていました。兄の秘密をあたしだけが知っていました」

「惣二がお登勢殿を……」

思いがけない展開に、十四郎は言葉を失った。

亡くなった夫が愛用していた太鼓の撥だとお登勢に見せられた時の言いようのない衝撃と、その後に襲ってきた空しい気持ち、それがようやく雇われ人としての仕事を冷静に務めるうちに薄れてきたにもかかわらず、今度は惣二がお登勢を恋い焦がれていたという話に正直、十四郎は驚いていた。

「兄さんはね。お登勢さんが旦那さんのところに、手作りのお弁当を持ってくるのを見るたびに、太鼓のお稽古が終わって、仲良く肩を並べて帰っていく二人を見送るたびに、苦しんでいたんです」

「そうか……」

と、十四郎は言った。

一瞬のことだが、初々しい新妻を真ん中にした二人の若者の姿が、汗の臭いと一緒に目の前に浮かんだ。

昔の話を聞いているのだが、その光景はあまりにも鮮明で、惣二でなくても、十四郎も心穏やかではなかったのである。

しかし、十四郎の心の動きなど露《つゆ》ほども知らないお光は、苦笑して話を続けた。

「あたしたちはあの時もう、家の後始末で苦しんでいました。兄の苦労はたいへんなものでした。そんな兄に好きな人ができたというのに、その人は人妻で、兄が可哀相でたまりませんでした。それなのに、徳兵衛さんは妻に作ってもらったんだとあの袋を見せびらかして、皆の前で仲のよいところを見せつけて兄を苦しめました。それが、あたしには許せなかったのです」

「そうか……どうしてこんな人が兄のお嫁さんにならなかったのか、これ程苦しんでいるのに報われないのか、そう思ったという訳か」

「ええ……」

「お光、ある人がある人を好きになる、それは誰にも取っ替えがきかん。それが分からぬか」

「いいえ、分かります。ようやっと分かるようになりました。でも、分かったと言えば、今まで支えてきたものがなくなるようで怖かったんです」

「おまえの兄さんには憎しみなんぞこれっぽっちもないぞ。おまえもこれを機会に考え直せ。そして、橋屋の力を借りて、つまらない男ときっぱり別れるのだ」

「塙の旦那……」

「兄さんも案じていたぞ」

「……」

「もう男たちに媚《こ》びを売って金をもらうような生活はやめにするんだな」

お光は、ぎょっとした顔で、十四郎を見た。

「おまえの苦労は分かっているつもりだ」

「旦那……」

「俺だけではないぞ。巴屋の女将もそうだ。むろん、お登勢殿も心配している。だからこそ、こうして俺がここにいるのだからな」

「……」

「そうだ。おまえが住んでいる長屋の女たちも心配しておった。なんとかしてやってほしいと俺に頼んだ。お光、おまえも兄さんも残る雁などではないぞ。おまえたちの周りにいる者たちの、どれほどの人がおまえたちを案じているか」

「旦那……ありがとうございます。あたし、考え違いをしておりました」

お光は、わっと泣き崩れた。

「十四郎様……」

後ろから遠慮した小さな声がした。柳庵だった。

「患者さんはこちらさんの？」

泣いているお光を見て言った。

「そうだ。兄の惣二という者だ。頼めるか」

「もちろんですよ。十四郎様に頼まれたのでは、嫌とは言えませんからね」

柳庵は、声を潜めてなまめかしい笑みをみせた。


「それで、惣二さんの具合はいかがでしたか」

お登勢は、翌日立ち寄った柳庵に惣二の容体を聞いた。

「私の診立てでは、もう長くはないと思います」

柳庵は暗い顔をして言った。

「まあ……どこが悪いのですか」

「肝の臓です。ぼろぼろですね。惣二さんに話を聞いて分かったのですが、深川から逃げた時からずっとお酒が手離せなかったようですから」

「そう……徳兵衛が生きていたら、放ってはおかなかったでしょうに」

「本人はとっくに覚悟しているようでしたね。妹のお光さんも同じで、ただ、死ぬ前に医者にかかることができたと、妙な納得をして喜んでおりました」

「まさか、そんなに追いつめられていたなんて……」

「惣二はこの深川を離れた時から、惣次郎と名乗っていた。巴屋の女将などは惣次郎だと信じている。借金を逃れるために名を変えたのだろうが、家が潰れるなどというのは青天《せいてん》の霹靂《へきれき》だ。名を変え、酒に溺れたとしても責められまい」

十四郎は主家《しゅか》が潰れて浪人となり、許嫁だった雪乃と別れて茫然自失の日を送っていたのを昨日のことのように思い出していた。

十四郎の場合は、当時まだ自分を支えてくれる母がいた。金はなかったが借金もなかった。

今思えば母がいたからこそ奈落の底に落ちるのを免れることができた。

惣二の場合は、酒でぼろぼろになりながらも、お光という妹がいたからこそ、ここまで生きながらえることができたのだろうと、十四郎は思わずにはいられない。

十四郎は、惣二がお登勢に叶わぬ恋をしたことが、出奔《しゅっぽん》の本当の理由だったなどという話は、お登勢にはまだ伝えていなかった。

お登勢には、兄と妹がどんなに辛い生活を送ってきたか、それのみを伝えていた。

富岡橋から、お光が徳兵衛の撥袋を投げ捨てたのは、そういった子供心の屈折したひがみからだったとしか伝えていなかった。

だからお登勢は、

「十四郎様、せめて夫の代わりにお見舞いをと思うのですが、わたくしを惣二さんのところに連れていっていただけないでしょうか」

などと言う。

十四郎は慌てて言った。

「お登勢殿。俺の見たところ、あの男は落ちぶれた自分を恥じておる。お登勢殿がいくら昔の親友の妻とはいえ、男として会う勇気はあるまい。男というものはそういうものだ。つまらぬことで見栄を張って生きている。そんなところに押しかけてはかえって気の毒。惣二のことは、俺も覗くし、ここにいる柳庵に頼んでおけばいい」

「十四郎様がそうおっしゃるのなら、そう致します。柳庵先生、よろしくお願いします。費用はわたくしの方でお支払い致しますので、存分に診てあげて下さいませ」

お登勢は素直にそう言った。

長くはないという惣二のためには逢わせてやった方がと思う一方で、お登勢への叶わぬ恋心を十四郎にも隠していた惣二の男心を思えば、今、逢わせて惣二に恥をかかせることになりはしないかという恐れもあった。

「それじゃあ、私はこれで。何か変化があった時には、福助に連絡させます」

柳庵はそう言うと座を立った。

その時だった。

「塙の旦那はいらっしゃいますか。お願いでございます。お助け下さいませ」

巴屋の女将お浜が駆け込んできた。

お浜は早駕籠で駆けつけていた。玄関に飛び込んできて開けっ広げになっている戸の外に、駕籠屋がへたりこんでいるのが見えた。

「何があったのだ」

十四郎が玄関に走り出ると、

「た、たいへんです。お光ちゃんの兄さんが六間堀に住んでいるってことが半之助にばれたらしくて」

「どこの長屋かそれも知れたのか」

「あの男のことです。捜せばたいした時間はかからないと思います。死に損ないには、早々に死んでもらうのだと、すさまじい剣幕で、止めるお光ちゃんに乱暴を……」

「分かった」

十四郎が土間に降りると、

「私もお供します」

藤七だった。

「行くぞ」

十四郎は藤七と橘屋を飛び出した。

六

「やけに静かですね。中にいるのでしょうか」

六間堀の惣二が住む長屋の木戸口で、藤七が振り返って十四郎に長屋の奥を目顔で指した。

昼下がりで、働きに行っている者が出ているためか、長屋の路地には一人として人影は見えず、惣二の家もぴしゃりと戸が閉まっていて、人の気配もないように思われた。

十四郎と藤七は、路地の溝板を避け、足音をたてないようにして惣二の家に向かった。

家の戸口まであと一間、見合って足を踏み入れた時、

「やめて——……」

お光の絶叫が聞こえたと思ったら、お光の体が腰高障子を倒して転げ出てきた。

「お光……」

十四郎は駆け寄って、お光を抱き起こし、

「惣二」

惣二の名を呼んで家の中に飛び込んだ。

するとそこには、あの回向院の前で十四郎を襲ってきた男、半之助が匕首を惣二の喉元に突きつけていた。

半之助の傍には仲間か手下か、同じように匕首を光らせて、不敵な笑いを浮かべている男二人が控えていた。

「他人は黙っていてもらいやしょうか。この男は飲んだくれのごく潰しなんでさ。生きててもらっては、俺たち夫婦が困るんでさ」

「惣二は仮にもおまえの義兄《あに》になる者ではないか。こいつとは何だ」

半之助は殺気を滾らせて、異常な興奮をみせていた。

「来るな。それ以上近づくと、こいつの命はねえぜ」

十四郎が近づくと、

「半之助、やめろ」


「それはおまえのことではないのか。働きもせずお光の給金を取り上げるおまえこそ、ごく潰しというのだ。いや、ダニだな」

「何言ってやがる。俺は、お光の亭主だ」

「亭主は、女房を食わせて亭主と言う。おまえは言うなれば悪人だ。二度と亭主面できないように、俺がきっぱりとお光と縁を切らせてやる」

「野郎……」

半之助の手がぶるぶる震えて、惣二の喉元の匕首がきらりと光った。

「少しでも、その匕首で惣二を傷つけてみろ。俺が許さぬ。今度こそ容赦はせぬ」

「なんだと、どうしようっていうんだ」

「おまえを斬り捨てる」

「旦那」

半之助は声をたてて笑った。

「町人を斬るのですかい。罪もねえ町人を斬っては、ただではすみませんぜ、旦那」

「おまえたちは罪ある者だ。俺から言わせれば、御法の下で罰を受けねばならぬ者だ。それが嫌なら無礼討ちということにして斬ってやる。本気だぞ」

踏み込んだ時、

「やれ！」

半之助の合図で、傍にいた二人が匕首を一気に両脇から突いてきた。

「馬鹿な奴」

十四郎はすいと躱すと、二人の襟首をぐいと摑んで、二人の頭どうしをぶちつけた。

二人は頭を抱えると、叫び声を上げて転倒した。

「野郎」

半之助が突っ込んできた。

十四郎は刀の柄でこれを咄嗟《とっさ》にはじき返し、泳いだ半之助の利き腕を捩じ上げた。

同時に手刀で、匕首を握っている手首に一撃を打った。

悲鳴を上げて匕首を落とした半之助を、腰車《こしぐるま》で土間に叩きつけた。

「藤七、そこの番屋に引き渡してきてくれぬか」

「承知しました」

藤七は懐から麻縄を出し、素早く三人を縛り上げ、数珠《じゅず》繋ぎにして連れていったのである。

「惣二……病の床でとんだ騒動だったな」

十四郎は惣二の傍に寄った。

お光が横たわっている惣二の胸をさすったり手を握ったりしていたが、惣二はもう息も絶え絶えで、十四郎の目には明日という日はこないだろうと察しがついた。

藤七が番屋に行き、お光は柳庵に往診を頼みに行って、部屋には十四郎と惣二と二人だけになった時、

「惣二、お登勢殿が亡くなった亭主の代わりに見舞いたいと言っていたぞ」

十四郎は惣二の耳元に口を当てて言った。

惣二は瞼《まぶた》をぴくりとさせたが、答えはなかった。

早くも夕暮れ前の弱々しい陽射しが羽目板の隙間から射し込んで、惣二の顔を隈取《くまど》っていた。風がそこから忍び込んでくる。

その風に乗って、どこからか太鼓の音が聞こえてきた。

すると、惣二の手が動き出したのである。

掌に撥を握るような恰好をして、聞こえてくる太鼓に合わせて惣二は撥を打つ仕種をする。

「惣二、撥はどこにある」

持っているのなら出してきてやると、惣二の耳に呼びかけた十四郎に、

「金がなくて……売った」

惣二は、はっきりとした声で言った。

十四郎は竈《かまど》に走ると、火吹き竹を持ってきて、惣二の右手に握らせた。

惣二は笑みを浮かべると、聞こえてくる太鼓に合わせて火吹き竹を振った。

顔の色は土気色のままだったが、その表情は楽しそうだった。

ひとしきり太鼓を打つ真似をしていたが、疲れたのかその手を止めて、しみじみと十四郎に言った。

「旦那、徳兵衛が太鼓の稽古に来られない日があったんですよ。その知らせをお登勢さんが持って稽古場に来てくれたんですが、帰りに、私が借金取りに殴られて転倒したことがありました。びっくりするほど血が流れて、その時お登勢さんは懐から柔らかい紙を出して私の口元を拭いてくれました、私の自慢の思い出です」

「そうか……そんなこともあったのか」

「旦那に嘘はつけません。旦那だけには本当のことを話します……私は徳兵衛にお登勢さんを紹介してもらったその時から、横恋慕をしてしまいました。許されるはずもない懸想《けそう》を……どうすることもできずに苦しみました。口元を怪我をして拭いてもらったことで、手がつけられないほど燃え上がってしまって……。口元を拭いてもらった時に、私は、お登勢さんの白い腕を見てしまいました。柔らかくて細い指が口元に触れた感触が夢の中で何度も出てきました。しかしそのたびに、友を裏切っているんだと自分を責めました。深川を出ることは、お登勢さんの妄想から逃れることでした。笑って下さい、私の一生を……」

「笑うものか……」

禁断の恋と知りながら、どうすることもできなかった惣二が哀れだった。

惣二が息を引き取ったのは、いったん途絶えた太鼓の音が再び聞こえてきた時だった。

刻々と惣二は弱っていて、枕元にはお光がいた。

柳庵もいたが、藤七は引き揚げていていなかった。

惣二は口も利けなくなったのに、太鼓に合わせて、ぴくぴくと手を動かそうとしているのが、十四郎には分かった。

お登勢がやってきたのは、そんな時だった。

「惣二さん」

お登勢の声が聞こえたかどうか、惣二の顔は安らかだった。


その日は、海の色は青く、穏やかだった。

十四郎はお登勢と富岡八幡宮の境内にいた。

お登勢の胸には、あの撥袋が抱かれていた。

袋の中には撥も入っていた。

お登勢は、大切な夫の遺品だからこそ、八幡様に納めたいのだと言い出した。

「俺などが口を出すことではないが、後でしまったと後悔するのではないかな」

十四郎はそう言ったが、

「夫もそれを望んでいると存じます。あそこなら、毎年のように自分たちが打っていた太鼓の音を聞くことができます。わたくしは惣二さんが亡くなる寸前まで、太鼓を打つ仕種をしていたと聞いた時から、ずっと考えていました。八幡様にお守りいただくのが一番いいのです」

お登勢は白い玉砂利を踏み締めながらしみじみと言った。

「ふむ」

黙然として肩を並べて歩きながら、十四郎は胸の中に、新たな灯が点ったことを確信した。

撥を八幡様に納めるのは、お登勢の言う通り最善の供養かもしれなかった。

だが十四郎の頭を巡ったのは、撥を手放すことで、お登勢が新しい一歩を踏み出そうとしているということだった。

それが、十四郎には嬉しかった。

「ずいぶんと暖かくなりましたね」

お登勢が言った。

「そうだな。もう春だ」

「ええ……」

それで二人の会話は中断して、耳朶《じだ》には砂利の音だけが聞こえてきたが、十四郎はゆっくりと歩みながら、お光が改めて橋屋に離縁したいと頼みにきたことや、番屋に送った半之助には、博打場の借金が原因で人を殺《あや》めている疑いがあると分かり、小伝馬町の牢屋に入れられて、厳しい取り調べを受けていることなどを思い起こしていた。

無論、半之助の調べをしているのは、松波孫一郎だと聞いている。

もしも、半之助が人を殺めていたことがはっきりすれば、お光は駆け込むも何も、相手が罪人だということだけで、慶光寺で修行するまでもない。

半之助の意思がどうあれ、公に離縁ができる。

社殿に向かう十四郎の背に、北国に飛び立つのか、水鳥の飛び立つ羽音が聞こえてきた。

「あたしたちは残る雁だと兄さんと言ってるの」

お光の哀しい言葉が蘇った。

——お光、そんなはずがあるものか。おまえの人生はこれからだ。
十四郎は社殿の前で、お光の前途を祈っていた。

二〇〇五年一月　廣済堂文庫刊

光文社文庫

長編時代小説

紅《べに》　　椿《つばき》　隅田川《すみだがわ》御用帳《ごようちょう》(九)

著　者　　藤《ふじ》原《わら》緋《ひ》沙《さ》子《こ》

2017年1月20日　初版1刷発行

発行者　鈴　木　広　和
印　刷　堀　内　印　刷
製　本　ナショナル製本

発行所　株式会社　光　文　社
〒112-8011　東京都文京区音羽1-16-6
電話 (03)5395-8149　編　集　部
8116　書籍販売部
8125　業　務　部

ISBN978-4-334-77416-5　Printed in Japan

組版　萩原印刷